novum pro

AF165393

Stephan de Groote

Der **Manuskriptfund** in der LUNIGIANA

und andere fantastische Erzählungen

novum pro

www.novumverlag.com

Bibliografische Information
der Deutschen Nationalbibliothek:

Die Deutsche Nationalbibliothek
verzeichnet diese Publikation in
der Deutschen Nationalbibliografie.
Detaillierte bibliografische Daten
sind im Internet über
http://www.d-nb.de abrufbar.

Alle Rechte der Verbreitung,
auch durch Film, Funk und Fernsehen,
fotomechanische Wiedergabe,
Tonträger, elektronische Datenträger
und auszugsweisen Nachdruck,
sind vorbehalten.

Gedruckt in der Europäischen Union
auf umweltfreundlichem, chlor- und
säurefrei gebleichtem Papier.

© 2024 novum Verlag

ISBN 978-3-99146-551-5
Lektorat: Kristina V. Heilinger
Umschlagfotos: Prapass Wannapinij,
Maren Winter | Dreamstime.com
Umschlaggestaltung, Layout & Satz:
novum Verlag

www.novumverlag.com

Die Straßen, die laut sind und leer,
sind Ströme aus Schatten und münden ins Meer

(Manuel Maples Arce, mexikanischer Lyriker, *1900, †1981,
in der Übersetzung von Thomas Provot)

INHALTSVERZEICHNIS

Vorwort 9

Der Motorschaden 11

Der Einbürgerungstest 22

Ich bin das Gespenst 46

Ole Hansen 49

Der Manuskriptfund in der Lunigiana 57

Der satanische Blattschwanzgecko 80

Die vielschichtige Nacht 82

Der Grundmann-Pfad 89

Der Mann am Schlauch 99

Am Wasser in den Wäldern 109

Vorwort

Schräg sind gewiss alle Erzählungen dieses Bändchens. Dennoch sind sie in ihrem Grundton oder, sagen wir, in ihrer Dramaturgie unterschiedlich. Es beginnt mit – hoffentlich – witzig und verspielt, so bleibt es dann auch eine ganze Weile. Über verschiedene Zwischentöne wird es dann am Ende bitterernst. Die Leserinnen und Leser werden es natürlich merken, wenn sie sich, worüber ich mich selbstredend sehr freuen würde, dazu entschließen sollten, das Büchlein bis zu seinem Ende durchzulesen.

Der Motorschaden

Die Idee zu dieser Geschichte kam mir bei der Lektüre der kleinen Meistererzählung „Der geheilte Patient" von Johann Peter Hebel aus dem „Schatzkästlein des rheinischen Hausfreundes".

Matthias' Auto hatte einen Motorschaden. Auch noch mitten in der Wildnis. Der ADAC musste gerufen werden. Der Mechaniker in der Werkstatt legte die Stirn in sorgenvolle Falten. Der Motor sei hinüber, ihn habe das Zeitliche gesegnet, Wiederbelebungsversuche seien zwecklos. Ein neuer Motor müsse her. Den habe er aber nicht vorrätig. Ihn zu bestellen könne dauern. Vier Tage, vielleicht aber auch fünf oder sechs. Man wisse es nicht genau und müsse hoffen. Würde jedenfalls ein richtig fettes Sümmchen kosten. Vielleicht besser gleich einen neuen Wagen kaufen? Aber Matthias – für seine Freunde Matze – war sein Auto ans Herz gewachsen wie ein guter alter Kumpel. Hatte er doch auf seinem Rücksitz manche Male die Wonnen der Liebe ausgekostet. Seinen Kameraden verschrotten zu lassen, kam für ihn nicht in Frage. Es war ja auch ein getunter BMW mit nachgerüsteter Soundanlage einschließlich Subwoofer und Bass-Modul, mit dessen Lichthupe er andere Verkehrsteilnehmer wie aufgescheuchte Hühner von der Fahrbahn jagte, seiner.

Was sollte Matze tun? Mit seinem Schicksal hadern? Wehklagen? Nein, das war nicht seine Art. Er beschloss, das unter den gegebenen Umständen Beste aus der Situation zu machen. Er hätte sonst ja auch mit dem Zug hin- und wieder zurückfahren müssen und wusste doch gar nicht, wie das geht. Eine Auszeit nehmen, für ein paar Tage mal raus aus der immergleichen Tretmühle, wäre vielleicht gar nicht verkehrt, sagte er sich. Termine waren schnell abgesagt. Er war ja der Chef und brauchte niemanden um Erlaubnis zu fragen. Der Alkoholpegel in seinem kleinen mittelständischen Unternehmen würde wohl in den nächsten Tagen steigen und es würde viel früher Feierabend gemacht werden. Wenn die Katze aus dem Haus ist ... Aber was soll's? Waren doch alles feine Kerle. Sollten sie doch ruhig seine Abwesenheit für ein paar Tage genießen! Der Laden würde schon nicht abbrennen.

Nun bot die Kleinstadt, in der er gestrandet war, nicht gerade viel Zerstreuung und Vergnügungsmöglichkeiten. Ein paar Gasthöfe – „Zum Ochsen", „Zum Bären" und „Zum Schwan" geheißen –, mit Kachelöfen, rustikaler Einrichtung, gestreng dreinblickenden Altvorderen mit Backenbärten oder Hirschen im Morgengrauen in wuchtigen geschnitzten Bilderrahmen und mit deftigen Speisen, das schon. Auch hopfiges feincremiges Bier aus der lokalen Kleinbrauerei, 1831 gegründet, gab es. Aber sollte er jetzt vier Tage oder länger biertrinkend und Schweinebraten verzehrend zubringen? Ein oder zwei vielleicht, aber nicht mehr. Das Lesen war auch nie Matzes Ding gewesen.

Nun wollte es der Zufall, dass sich der Ort einer gewissen Beliebtheit unter verschrobenen Wanderern im Outdoor-Look erfreute. Wegen seiner unverfälschten Natur, seiner Holzwege über schäumende Bäche, seiner verzauberten Schluchten, wie aus der Zeit gefallen, seiner lauschigen Plätze zum Verweilen und so weiter. Längere Strecken zu Fuß zurückgelegt hatte Matze schon oft. Aber als Jugendlicher, bevor er sein erstes Auto hatte. Danach wäre er, wenn möglich, auch noch mit dem Auto zum Klo gefahren. Zu Fuß gehen oder Öffis benutzen, das war einmal, nicht mal mehr zum Brötchenholen um die Ecke. Ich bin doch auf mein Auto angewiesen, flennte er jedes Mal, wenn er von Benzinpreiserhöhungen hörte. Den Spaß am Fahren mit seinem Verbrenner ließ er sich nicht von den griesgrämigen unfrohen Grünen von der Verbotspartei vermiesen. Dann wollten diese miesepetrigen Müslihirne auch noch Geschwindigkeitsbegrenzungen einführen! Hallo, geht's noch? Gut, dass es die FDP gab. Freie Fahrt für freie Bürger!

Aber warum nicht mal ein Abenteuer wagen, von dem er danach daheim in geselliger Runde zum allgemeinen Erstaunen erzählen könnte? Gleich am nächsten Morgen legte er sich Gore-Tex-Hikingschuhe und einen Wanderstock aus Echtholz mit einem eingeschnitzten Wurzelmann zu. Von der Verkäuferin ließ er sich auch zum Kauf eines zünftigen Huts aus dickem, graumeliertem Filz mit einem Trachtenband und Naturfedergesteck überreden. Das trage der Wanderer von heute, es sei aber auch zeitlos, ein Klassiker. So machte er sich perfekt ausgestattet auf den Weg.

Schon bald ging ihm die Puste aus, aber sowas von. Die Sonne brannte, die gelbe Sau. Die Schuhe drückten ihn, er lief sich eine Blase. Kein Lüftchen wehte. Schweiß überströmte ihn. An eine Outdoor-Ausstattung wie aus dem Bergfreunde.de-Onlineshop hatte er gedacht, aber nicht an eine Wasserflasche. Mitleidige Weggefährten flößten ihm das kühle, erquickende Nass ein. Aus schierer Bosheit zertrat er niedliche Ameisen, die seinen Weg kreuzten. Wie Gämse huschten andere Wanderer an ihm vorbei. Ein zwitscherndes Vöglein brüllte er an, doch einfach die Klappe zu halten. Junge Dinger fragten ihn, ob sie ihn stützen sollten. „Erst nach dem zweiten Schlaganfall", stöhnte Matze. Aber überzeugend klang das nicht. Wanderer, die ihm ihren Gruß entboten und einen schönen Tag wünschten, wollte er fragen, ob sie ihn verarschen wollten. Aber schon sein Gesichtsausdruck ließ sie zurückweichen. Nur einmal überholte er ein Pärchen, aber allein deswegen, weil die sich Händchen haltend und knutschend alle Zeit der Welt ließen. All dies hätte aber trotzdem nicht für sein Überholmanöver ausgereicht, wenn die beiden nicht auf einmal im Unterholz verschwunden wären. So drangvoll ist manchmal die Jugend. Einige Zeit später zogen sie aber doch wieder an ihm vorbei. Der Wurzelmann auf seinem Wanderstock schien ihn höhnisch anzugrinsen. Mit der Feder auf seinem Hut kam er sich vollends als Lachnummer vor. Ein Junge, den er fragte, wie lange es denn noch um Gottes willen bis zum Ausflugslokal (mit herrlicher Sicht über die dunklen wogenden Wälder) sei, antwortete ihm: „No, es werdens wohl noch zwoahalb Kilometr soan, in zwoa odr droa Stondn kennens dös schaffn." Darüber musste er sehr lachen. Der Junge, nicht Matze. Mit ohnmächtiger Wut stellte er dann am Ende seines Kreuzweges fest, dass das Ausflugslokal seinen Ruhetag hatte. Also auch nichts zu essen und zu trinken. Dabei hatte ihm den ganzen Weg über das eine oder andere Frischgezapfte und Kräuterlikörchen vor Augen gestanden, mit einer herzhaften Brotzeit, nur dieser Gedanke hatte ihn doch aufrecht gehalten. Und dann erst der Rückweg! Ein Taxi rufen ging nicht. „Dös homs mia hia nett", hieß es. Außerdem steckte er in einem Funkloch. Nie hatte er sich so verlassen gefühlt. Die Dame von der Touristeninfo bekäme was von ihm zu hören. Er musste Dampf ablassen. Die Schweinshaxe am Abend fand er zäh. Fast hätte er den Kellner angeschrien, als er Matze fragte, ob es ihm schmeckte. Die Knödel ließ er zur Hälfte zurückgehen, was er noch nie gemacht hatte. In was für eine Hölle war er geraten?

Nun ist das menschliche Leben bisweilen ein wunderliches Ding. Am nächsten Morgen wachte er ausgeruhter denn je auf, an der Nase wachgekitzelt von den ersten, noch zaghaften Strahlen der aufgehenden Sonne, der Gütigen. Schon ewig hatte Matze nicht mehr richtig gut geschlafen, niedergedrückt von seinen Problemen – dem raffgierigen Finanzamt, reklamierenden Kunden, die ihr Geld zurückhaben wollten, säumigen Zahlern mit all ihren miesen Tricks, der in die Brüche gegangenen Beziehung, die aber auch schon vorher nicht so toll gewesen war und vielem mehr. Der Psychotherapeut konnte ihm auch nicht helfen. Er führte Matzes Probleme darauf zurück, dass er wahrscheinlich einmal als Kleinkind seine Eltern beim Sex beobachtet hatte. Für einen solchen Scheiß gab Matze nicht weiter sein sauer erwirtschaftetes Geld aus. Das sagte er dem Psycho auch rundheraus ins Gesicht, der bedrückt wirkte und danach vielleicht auch eine Psychotherapie benötigte. Auch mit Alkohol konnte Matze seine Sorgen nur vorübergehend ertränken, denn diese Biester konnten schwimmen. Frustessen machte alles nur noch schlimmer. Selbst von der FDP fühlte er sich immer weniger verstanden. Ein Schnösel mit Dreitagebart und Marken-Sneakern als Vorsitzender, der in der freien Wirtschaft nur Konkurs angemeldet und seine nichtswürdige Existenz dann in die Politik gerettet hatte. Nee, das war nicht seine Welt. Die AFD konnte er aber auch nicht wählen. Asis, vor allem aus dem Osten, die für ihr Elend alle und jeden verantwortlich machten, nur nicht sich selbst und ernsthaft glaubten, er als Wessi, der sich alles selbst aufgebaut hatte und dem nichts geschenkt wurde, schulde ihnen irgendetwas. Das ging mit ihm schon mal gar nicht. So war sein düsteres, wolkenverhangenes Weltbild.

Aber jetzt? Wann hatte er zum letzten Mal so gut geschlafen? In jenen fernen Zeiten, als die Welt noch jung war und er noch an die Liebe glaubte? Nach einem gehaltvollen Frühstück – wie herrlich duftete der knusprige Speck auf den Rühreiern, wie köstlich mundete die frische Kuhmilch – brach er geschwinden Fußes wieder auf. Die Blase hatte er mit einem Pflaster und kühlender Salbe behandelt, die ihm seine Gastwirte, rührend besorgt um sein Wohlergehen, zur Verfügung gestellt hatten. Ganz ohne zusätzliche Berechnung! Eingedenk seiner gestrigen Erfahrungen dachte er diesmal auch an Mineralwasser und ein Fläschchen Himbeergeist. Und was das Beste war? Alles kam aus der Region! Der frühe Nebel verzog sich bald. Wann hatte er schon einmal bemerkt, wie frisch der Morgentau auf dem Gras in den frühen Strahlen der Sonne glitzerte, wie rot der Mohn im Korn war und wie belebend, die Sinne und das Gemüt anregend, gerade gemähtes Heu roch? Noch nie. Der strahlend blaue Himmel, nur mit ein paar Wölkchen in der Form von niedlichen Schafen oder Drachen betupft, herzte die sattgrüne Erde. Tannen rauschten. Ein Wasserfall sprudelte in Kaskaden. Der wilde ungestüme Bach schäumte. Er kühlte seine Füße, die ihm heute so gute Dienste leisteten, in Wasser wie fließender blauer Stahl und labte sich daran. Bäume murmelten. Vögel schwatzten. Kühe mampften. Wurzeln rankten. Feldblumen betörten ihn mit ihrem Duft. Vor allen Wanderern, die ihn begegneten, lüftete er den

Hut mit einem frohgemuten „Hobts noch oan schenan Doog!"
Diese Redewendung hatte er in der Wirtsstube aufgeschnappt.
Seine Fröhlichkeit wirkte ansteckend. Mit einem Blatt half er
einer Ameise über ein Rinnsal. Verschnaufpausen musste er
einlegen, das schon, auch nicht wenige. Aber in weiser Voraussicht hatte Matze ja an den Himbeergeist gedacht. Der spornte
ihn an. Interessiert las er eine Tafel des Bundes für Natur- und
Vogelschutz. Dem wollte er beitreten. Scheiß doch auf die FDP!

Als er um eine Ecke bog, stand sie plötzlich vor ihm. Nein, keine
Waldfee, sondern eine Burgruine. Vielmehr das, was noch von
ihr übriggeblieben war, nachdem die Dorfbewohner sie wohl
jahrhundertelang als Steinbruch zweckentfremdet hatten. Die
Mauerreste waren mit dichtem Moos überwuchert, was dem
Ort eine geheimnisumwitterte Aura verlieh. Nachts müsste es
dort schaurig sein. Die Fundamente eines romanischen Kapitells. Raubritter Kuno hatte dort gehaust, wie ihm eine lehrreiche Tafel verriet. Danach verschiedene blaublütige Burgherren.
Es halte sich das Gerücht, dass dort ein Schatz vergraben liege,
bewacht von Kobolden. Dem weiteren Verfall der Ruine werde
Einhalt geboten. Windschiefe Überbleibsel eines Bergfried genannten Turms. „Betreten verboten! Einsturzgefahr" sagte ihm
ein Schild am eisenbeschlagenen Holztor. Gerade wollte Matze daran rütteln, als ihm von innen geöffnet wurde. Von einem
alten verhutzelten Männlein, das sich Matze als „der Erdgeist"
vorstellte. Natürlich ein Scherz. Ein wundersamer Gesell, gar
kurios anzusehen mit seinem altehrwürdigen Bratenrock und
seiner gepuderten Perücke. Man plauderte angeregt über Gottes
oder des Urknalls herrliche Schöpfung. Anekdoten und Scharaden über das unterirdische Leben in den tiefen Wäldern wusste der Erdgeist gefällig und amüsant in seinem altertümlichen
Deutsch wie zu Klopstocks Zeiten zu erzählen. Dann musste er
auch schon weiterziehen. Seine Pflicht rief. Wer, wenn nicht er
und sein Heer von Gnomen würden sonst die gurgelnden Bächlein in Gang halten und erschöpfte Wanderer, die von ihrem Weg
abgekommen waren, sicher nach Hause zu ihrem behaglichen

Bett geleiten? Verwundert wurde Matze auf seinem weiteren Weg gewahr, dass sein Fläschchen Himbeergeist, das er zur Gänze geleert zu haben meinte, wieder randvoll war. Zwerge mit Grubenlampen und rußgeschwärzten Gesichtern, die ihrem Bergwerk entstiegen, kreuzten Matzes Pfad und wünschten ihm frohgemut „Glück auf!"

Das Ausflugslokal übertraf auch seine hochgestecktesten Erwartungen. Eine in Holz geschnitzte possierliche Wildsau erwartete ihn am Eingang, Matze zog vor ihr ehrerbietig seinen Hut. Gepflegte Biergartenkultur mit regionaltypischen Schmankerln in urigem Ambiente. Von der Speisekarte gab es auch eine Übersetzung ins Hochdeutsche. Hier wertschätzte man den Touristen und müden Wandersmann noch, zu seiner Labsal wurde frischgezapftes Bier, mit Enzian zur Abrundung, ausgeschenkt. Wie würzig dufteten die Kiefernwälder! Ein mildes Lüftchen wehte. Ausgelassenes Kinderlachen vom nahegelegenen Waldspielplatz, dem „Wichtelparadies", mit seinem Baumhaus, dem Sandkasten und der Rutsche, erfüllte die Luft. Und dann erst die Aussicht auf den kristallklaren See in der Senke, bibbernd vor erfrischender Kälte, und die Bauernhäuser mit ihren strohgedeckten Dächern, die von hier oben wie Miniaturen wirkten! Aus einigen Schornsteinen qualmte Rauch. Emsige Landleute ackerten mit ihren Spielzeugtraktoren und zogen Furchen. Der ferne Klang einer Kirchturmglocke wehte zu ihm hinüber. In Matzes brettplatter Heimat im Tiefland gab es solche Ausblicke nicht, poetische Empfindungen kamen dort auch eher selten auf. Wie es wohl wäre, wie ein Adler über alldem zu schweben? Er beschloss, sich das für nach dem sechsten oder siebten Enzian aufzuheben.

Matze empfand es als wohltuend, dass die rumänische Kellnerin kein Dirndl trug. Das Folkloristische wollte er ja auch nicht übertreiben. Aber fesch war sie. Besser Deutsch als die Einheimischen sprach sie auch. Matze dankte es ihr am Ende eines stundenlangen Aufenthalts mit einem üppigen Trinkgeld, für das er mit einem strahlenden Lächeln beschenkt wurde. Er lernte auch nette holländische Wanderfreunde kennen. Die Berge ihrer Heimat waren ihnen schon zur Genüge bekannt, sie wollten zu neuen Ufern oder, besser gesagt, Anhöhen aufbrechen. Das es nette Holländer gab! Matze kannte sie bisher nur als Drängler oder umgekehrt Fahrbahnblockierer mit Wohnwagen auf Autobahnen. Grauburgunder und Kirschwasser mochten sie auch, es musste ja nicht immer Heineken und Genever sein. Man schenkte sich beim Trinken nichts bzw. nur gegenseitig ein. Am Ende nahm man mit innigen Umarmungen voneinander Abschied. Auch Facebook- und WhatsApp-Freunde waren sie jetzt. Man würde sich wiedersehen. Im Ausflugslokal. Ihrem Ausflugslokal.

Reisen bildet, heißt es immer, aber das ist Quatsch. Wie oft war Matze schon in Antalya und einmal auch auf den Seychellen gewesen. Hatte ihn das vielleicht irgendwie gebildet? Keinen Furz. Wandern bildet, so muss es heißen! Das lässt sich auch wissenschaftlich begründen. Man erlebt alles sehr viel intensiver, je mehr man sich dafür Zeit lässt. Also nicht fliegen oder Auto fahren, sondern zu Fuß gehen. Zugfahren geht aber auch, am besten mit der Bummelbahn. Vielleicht sollte er es auch einmal per Anhalter versuchen. Aber wer würde ihn mitnehmen? Womöglich in ansehnlicher Begleitung und er erst einmal hinter einem Gebüsch versteckt? Aber wo sollte er eine solche Begleitung hernehmen? Er dachte an die rumänische Kellnerin. Ja, das wäre was. Aber durchbrennen würde sie mit ihm ganz sicher nicht. Schade eigentlich. Und schon wieder Auto fahren? Nee!

Es dunkelte irgendwann, die Nacht brach an. Sterne funkelten, was das Zeug hielt. Wie Matze zu seinem Gasthof zurückfand, wissen wir nicht. Dort oben gab es ja, wie die geneigten Leserinnen und Leser schon wissen, keine Taxis. Ein gütiger Engel muss ihn begleitet und geführt haben. Oder war der Wurzelmann der gute Geist gewesen? Matze hielt das für sehr wahrscheinlich.

Am nächsten Morgen stand Matze schon gegen halb fünf auf – der Wecker auf seinem Handy machte es möglich –, um den Sonnenaufgang nicht zu verpassen, von dem ihm seine gefällige Wirtin vorgeschwärmt hatte. Über den Sonnenaufgang dort unten ist doch im Grunde schon alles gesagt worden. Das Nebelmeer, das sich zunehmend verflüchtigt, die noch rote Sonne, ihr Widerschein auf den Gipfeln mit Zinnen wie eine Trutzburg, brennende Wolken, der Wohlklang der ersten Kuhglocken, die Ruhe, das Gefühl des Friedens, das den Betrachter überkommt. Hat man alles schon tausendmal gelesen, aber es bleibt trotzdem wahr. Matze malte sich die vielen Urlaube aus, die er hier noch verbringen würde, an seinem Sehnsuchtsort, seinem Shangri-La. In demselben Gasthof, das stand für ihn fest. Aber, um seinen Radius zu erweitern und Neues kennen zu lernen, auch in anderen, öko-zertifizierten. Ein Zelt würde er sich aber nicht zulegen. Oder vielleicht doch? Man könnte es ja mal ausprobieren. Nur von dem Ausflugslokal würde er allenfalls seinen besten Freunden vorschwärmen, es sollte sein Geheimtipp bleiben. Andere gingen in die Kirche, um erweckt zu werden, aber nach Matzes Eindruck schien das nicht zu funktionieren. Er hatte dafür nur einen Tag in der Natur gebraucht.

Wieder nahm Matze danach ein Körper und Seele labendes Frühstück zu sich. Den Speck auf den Rühreiern ließ er diesmal aber weg. Ein angenehmes Körpergefühl hatte ihn überkommen, er meinte, das eine oder andere Pfündchen abgenommen zu haben. Seine holländischen Freunde grüßten ihn auf seinem Handy mit Cookies von einem rüstig ausschreitenden Wandersmann mit Gamsbarthut und zwei aneinandergestoßenen Gläschen mit einem sicherlich bekömmlichen Inhalt. Vielleicht Enzian. Oder auch Genever. Er erwiderte den Gruß mit einem Selfie von sich und der aufgehenden rotflammenden Sonne über dem wabernden, schon zerfetzten Wolkenmeer im Hintergrund. Gestärkt schritt er danach aus. Sein Auto hatte er mittlerweile ganz vergessen bzw. den Gedanken daran völlig verdrängt, wie an etwas, das einen schlechten Beigeschmack hinterlassen hat. Da erreichte ihn ein verhängnisvoller Anruf. Auf seinem Handy. Von dem Mechaniker. Der Motor sei früher als erwartet eingetroffen und bereits eingebaut, der Wagen sei sozusagen abholbereit. Schweren Herzens ging Matze zur Werkstatt. Sollte sein neues Glück schon wieder zerrinnen wie Sand in der nach ihm benannten Uhr? Sollte der motorisierte Albtraum ihn wieder mit seinen unbarmherzigen Krallen packen? Nein, das konnte, das durfte Matze nicht zulassen!

Dem Mechaniker konnte er den wahren Grund nicht nennen, er würde ihn wohl nicht verstanden haben. In grellen Farben schilderte Matze ihm die Todesängste, die er ausgestanden habe, als der Motor in seinen letzten Zügen lag und am Ende nur noch röchelte und schließlich verschied. Er habe jetzt eine Autophobie und müsse sich in psychologische Behandlung begeben. Der Mechaniker hörte ergriffen zu. Ob er – der sehr verehrte Mechaniker – den Wagen nicht kaufen wolle? Er würde ihm einen guten Preis machen, sie würden sich sicherlich schnell handelseinig werden. Das wurden sie dann auch. Um den Vertragsabschluss zu besiegeln, schenkte ihnen der Mann in Blau, sein Wohltäter, Kirschwasser ein. Matze schaute sich beim Weggehen nicht einmal mehr zu seinem einstigen Auto um. Beschwingt ging er in die strahlende Sonne und sein neues Leben hinaus. Er segnete den Motorschaden und erwog, die paar hundert Kilometerchen nach Hause zu Fuß zurückzulegen. Nun ja, wenigstens einen Teil davon. Denn er freute sich nämlich schon riesig auf sein nächstes großes Abenteuer: Die Zugfahrt! Aber einen ICE würde er nicht nehmen, nur Regios. Er wollte sich die mit den meisten Umsteigebahnhöfen und längsten Wartezeiten aussuchen. Er fasste einen weiteren, weitreichenden Entschluss. Er würde sich ein Buch zulegen! Gleich würde er sich bei der zuvorkommenden Dame von der Touristeninformation nach einem Band mit Geschichten über das Wandern und nach Sagen aus dem Wald erkundigen. Beides gerne auch mit stimmungsvollen Zeichnungen oder Aufnahmen. Das hätte sie bestimmt alles vorrätig. Dass man immer was Stärkendes zum Trinken bei sich haben sollte, hatte er jetzt ja auch gelernt. Als gesetzestreuem Bürger und Autofahrer waren ihm diese Vergnügen bisher immer entgangen. Was für ein Narr war er gewesen!

Die FDP würde er nie wieder wählen. Und wenn sehr viele andere seinem Beispiel folgen würden, dann klappte das auch mit dem Klimaschutz.

Der Einbürgerungstest

Godefroy Amílcar[1] beschloss, Deutscher zu werden. Zugegeben, er war nicht wegen des schönen Wetters oder des guten Essens nach Deutschland gekommen. Oder wegen dem schönen Wetter oder dem guten Essen. Vielmehr gestalteten sich die Verhältnisse in seinem Herkunftsland nicht gerade idyllisch. Geduldet wurde er hierzulande wegen eines dortigen folkloristischen Operetten-Putschs mit Obristen in Zirkusdirektor-Uniformen und mit Schnurrbärten. Indigene, Studenten und Subjekte wie er, die Bücher lasen und klugscheißerisch ihre subversive Meinung kundtaten, bekamen den bitteren Geschmack von Gummiknüppeln, Geschossen und hasserfüllten ohnmächtigen Tränen zu spüren. Der abgesetzte Präsident wurde des Umsturzes bezichtigt. George Orwell ließ grüßen. Die Pressefreiheit wurde wiederhergestellt, aber nur für die, die genau das schrieben, was die neuen Herren hören wollten. Oder über Kochrezepte. Journalisten als Callboys. Blutrünstige Hunde fletschten die Zähne, Personen verschwanden. Drei Kugeln würde man ihm in seinen Arsch verpassen und dann auf seinen Leichnam pissen, zischten ihm Paramilitärs wie Nattern an einer der Straßenkontrollen zu, die es jetzt überall gab. Genau die gleichen Worte, die Federico García Lorca als letzte in seinem Leben vernahm. Sie machten sich nicht mal die Mühe, sich selbst was Neues auszudenken, dumpf wie sie waren. Aber das sagte er ihnen nicht, sie hätten es doch nicht verstanden. Einmal ging eine ähnliche Szene mit ihm im Mittelpunkt viral, verbreitet von einem einsamen, aber unbeugsamen Menschenrechtsaktivisten aus seinem Kellerloch

---

[1] Das sind seine beiden Vornamen. Seine Nachnamen sind Zungenbrecher und tragen gar nichts zum besseren Verständnis dieser Geschichte bei.

oder Dachboden. Dann hatte Godefroy Amílcar auch noch einen schmalen Band mit Gedichten in einem Garagen-Selbstverlag veröffentlicht, das gab es dort auch, so weit fortgeschritten war man immerhin. Das eine oder andere davon in anklägerischem Pathos und mit revoluzzerischen Zeichnungen, die ein Schulfreund beigesteuert hatte. Aber meistens ging es in dem Bändchen um Lucinda. Freizügig, das war es gewiss. Eltern mussten es von ihren Kindern fernhalten und auch in der Messe ging das nicht als allegorische Liebe zu Gott durch, denn hatte der Allmächtige etwa -grammatikalisch männlich ging das nicht, auch gendern war nicht drin – „keck aufgerichtete rosige Brustwarzen, die wohlige Weichheit ihrer Brüste wie Pampelmusen, die Spalte dazwischen wie ein Canyon, den man von oben bewundern oder besser herabsteigen sollte, den magischen Dschungel ihrer schier undurchdringlichen verheißungsvollen Scham, terra incognita, bereit für ihren Konquistadoren, die süße Todeserfahrung beim Beinahe-Erwürgtwerden mit ihren Oberschenkeln beim Lecken, ihren vor Lust bebenden Hintern?" Stöhnte er auch so laut „um Erlösung, oh gewähre er sie ihm doch endlich!?" Möglicherweise, sinnierte Godefroy, niemand wusste ja Genaueres. Frühe Kulturen mit ihren weiblichen Gottheiten waren da schon sehr viel weiter gewesen. Aber die Monotheisten mussten dann ja alles vergeigen.

Lucinda gibt (oder gab) es übrigens im wirklichen Leben unter diesem Namen. Sie fühlte sich sehr geschmeichelt wegen ihrer Lobpreisung und realitätsgetreu abgebildet, auch mit den dazugehörigen höchst anschaulichen Zeichnungen des Schulfreundes. Sie hatte nun mal etwas ausgeprägt Avantgardistisches und Psychedelisches an sich. Gab's in seinem Land auch, aber nicht so häufig. Sie war auch noch an der *Front zum Sozialismus 21. April* aktiv. Fahnenschwenkend und sich die Kehle heiser schreiend war sie immer in der allerersten Reihe. Ein klasse Aufmacher, durchaus auch viral auf Facebook und Twitter. Entfachte nicht nur das revolutionäre Feuer. Sie erlangte eine gewisse Berühmtheit in den Sozialen Medien bei den an den Verhältnissen in ihrem Land Interessierten, von denen es allerdings in der Welt nicht so viele gab, und bei den Studenten und Aktivisten ihrer Heimat. Jugendlicher Überschwang, gewiss. Sie lebte danach nicht mehr lange, die Schöne und Gute, die experimentelle französische Lyrik in der Originalsprache las. Die angefangen hatte, Japanisch zu lernen und sich in Haikus versuchte. Alles auf einmal vorbei. Niemand weiß, wo sie begraben oder verscharrt ist. Man musste ihr wünschen, dass es schnell gegangen war. Mit den Tätern zu verhandeln und gesichtswahrende Kompromisse zu suchen, um des lieben Friedens oder der eigenen Bequemlichkeit willen, mochten andere fordern. Godefroy ganz sicher nicht, niemals. Er vergaß nicht, was die Schweine auch ihm, vor allem aber anderen angetan hatten, die er geliebt hatte. Gewiss, manche unserer heutigen Despoten, von früheren ganz zu schweigen, bringen hundert- oder tausendmal mehr Menschen um. Aber kann das irgendetwas entschuldigen? Wer einen Menschen tötet, tötet eine ganze Welt, heißt es im Koran, auch wenn sich nicht alle seine Adepten daran halten. Wer ein Menschenleben rettet, rettet ein ganzes Universum, sagt uns der Talmud. Er muss es wissen.

Das Machwerk erfreute sich einer gewissen Beliebtheit in bestimmten unaussprechlichen Kreisen seines Landes. Der Rezensent einer zersetzenden Postille für Schwule und Arbeitsscheue besprach es enthusiastisch, sich dabei rotzfrecher Bemerkungen, sowas von daneben, was für eine Zecke, über das in seinen Augen obszöne Gebaren der Oligarchen nicht enthaltend. Dabei wollten die doch nur verbohrte Fanatiker wie ihn davon abhalten, das Land wirtschaftlich zugrunde zu richten, ihre Bilderbuch-Schweiz. Seien wir ehrlich, Straßenkinder und Wellblech-Slums gibt es nun mal überall, auch in der Eidgenossenschaft. Oder etwa nicht? Sehen Sie! Dem Büchlein wurde sogar die große Ehre zuteil, zusammen mit etlichen anderen auf einem öffentlichen Platz in der Hauptstadt unter Gejohle, Buhrufen und zu den Klängen patriotischer Militärmusik verbrannt zu werden. Konnte man sich alles auf Facebook und Twitter ansehen,

Tausende Male angeklickt und geteilt. Das alles überzeugte einen Major mit Sonnenbrille, dem, weil er schon einmal ein Buch gelesen hatte, das Sichten jugendgefährdenden Schrifttums übertragen worden war und dessen Geschmackssicherheit bereits *Alice im Wunderland* und *Huckleberry Finn* zum Opfer gefallen waren, von Godefroys Bedeutung, die er aber doch gar nicht hatte. Er hatte doch nur in seiner Hängematte liegend und auf das Meer schauend ein paar Dutzend Gedichte für einen höchst überschaubaren Leserkreis verfasst und auf einmal war er Staatsfeind. Unter anderen Umständen hätte er sich sehr geschmeichelt gefühlt, es hätte ja auch die Auflage seines Bändchens erhöht, vielleicht um hundert verkaufte Exemplare, immerhin. Aber so? Er wurde zur Fahndung ausgeschrieben. Er war dran. Niemand hätte in seinem Fall wohl ernsthaft auf die Einhaltung rechtsstaatlicher Standards gepocht, die EU allenfalls äußerst halbherzig. Die internationale Presse hätte sich ganz gewiss auch nicht für ihn interessiert. Er drückte sein Mütterchen, das verstand, lange unter Tränen an sich und verschwand dann für immer. Bald nach seiner Ankunft in Deutschland ohrfeigte er auch noch den Konsul seiner Republik. Selber Schuld, das hatte der verdient. Er hätte ihn auch noch ins Meer geschubst, das aber gerade nicht zur Stelle war. Die Presse berichtete darüber und zeigte Verständnis. Gründe, mehr als genug, um hier sehr sehr viel Geduld mit ihm zu haben.

Aber was führte ihn ausgerechnet nach Deutschland? Angst überschwemmte ihn, als er im Bus, zusammengekauert auf einem der hintersten Sitze, die Grenze zu seinem Nachbarland überschritt. Das Gefühl der Verlassenheit. Alles, was man hinter sich lässt, wenn man geht und vielleicht nie wieder zurückkehrt. Seine Mutter. Seine Freunde, die ausharrten. Was sollte er jetzt machen? Die Verhältnisse im Nachbarstaat waren auch nicht sonderlich besser, dunkle Wolken waren aufgezogen, Schlimmes zu befürchten. Aber wohin gehen? In die USA? Ganz unmöglich für ihn, ein Touristenvisum zu bekommen, er versuchte es vergeblich. Sein Geld reichte gerade noch für ein Flugticket nach

Europa und wenig mehr. Wovon sollte er dort leben? „Hauptsache erstmal in Sicherheit", sagte er sich, alles Weitere würde sich schon ergeben. Aber in welches Land? Schweden? Zu kalt. Italien? Berlusconi, nee! England? Dass ein englischer Pirat in seiner Ahnenreihe gewesen sein könnte, hielt er für gut möglich und auch für plausibel. Sie machten dort zu ihren Zeiten keiner erst artig mit Blumensträußchen den Hof. Aber wie hätte er das beweisen können? Ihm kam Deutschland in den Sinn. Mit guter Bildung ausgestattet, dafür hatte seine Mutter gesorgt, verband er damit etliches mehr als nur Adolf Hitler und Mercedes Benz, da war er den meisten seiner Landsleute weit voraus. Er hatte sogar *Buddenbrooks* und *Unterm Rad* gelesen, das können beileibe nicht alle Deutschen von sich behaupten. Deutsche Gedichte gab es für ihn nur in schlechten Übersetzungen, von deren Groteskheit und Stilblüten er sich Jahre später selbst ein Bild machen konnte. Johann Gottlieb von Bier, den Erfinder des nach ihm benannten Getränks, kannte er auch. Aber wirklich viel Wissen über Deutschland kam dabei trotzdem nicht zusammen. Er hatte einmal einen Dokumentarfilm über den Schwarzwald gesehen und einzelne Bilder von schneebedeckten Tannen und schäumenden Bächen und Wasserfällen in wilden Schluchten hatten sich ihm eingeprägt. Er hatte gehört, dass man in Deutschland wegen abweichender Meinungen nicht mehr zusammengeschlagen wird oder nur, wenn Alkohol im Spiel ist. Vor deutschen Frauen hatte ihn ein Freund, der es wissen musste, gewarnt. Sie seien wie Schokolade. In der Hitze schmölzen sie dahin, in der Kälte würden sie hart.[2] Aber nach amourösen Abenteuern war ihm in seiner Situation ohnehin nicht zumute. Also Deutschland. Gleich nach seiner Ankunft auf dem Flughafen ergab er sich mit erhobenen Händen und um Gnade flehend. Die erste behelfsmäßige Flüchtlingsunterkunft in einem Container war gar nicht so übel, wenn man

---

2 Diesen Vergleich hab ich mal in einem Buch gelesen, an dessen Titel ich mich nicht mehr entsinnen kann. Es ist also kein Plagiat, ich geb's ja zu.

das Schnarchen anderer ertrug. Er hatte ja auch kein Drei-Sterne-Hotel erwartet.

So kam Godefroy Amílcar in ein kaltes, regnerisches Land, wo er niemanden kannte und wo er sich für längere Zeit kaum verständlich machen konnte. Seine ersten Jahre dort waren kein Zuckerschlecken. Aber er traf herzensgute Menschen, die ihm halfen. Seine Betreuerin, die seine Muttersprache sehr gut beherrschte, sogar mit deren weichem, singendem, wie nach Liebe schmachtendem Klang. Sein Sachbearbeiter auf dem Ausländeramt sprach Schwäbisch und das in Norddeutschland, wohin es ihn und Godefroy Amílcar verschlagen hatte. Godefroy sah in ihm einen geistesverwandten Leidensgenossen. Wie es sich anfühlte, sich in einem Land behaupten zu müssen, in dem niemand einen verstand, wusste er nur allzu gut. Ein warmes Glücksgefühl durchströmte ihn, als der – sein! – Sachbearbeiter ihn einmal über die Bedeutung seines ersten Nachnamens im Deutschen aufklärte. Fortan nannte er sich nur noch Gottfried, belesen, wie er war, auch „Gottfried, der Keller", damit augenzwinkernd auf seinen sehr dunklen Teint anspielend. Das sorgte immer wieder für Brüller und Schmunzeln. Aber bei weitem nicht alle verstanden die literarische Anspielung und er musste dann zu langatmigen Erklärungen ausholen, die ihm auf Deutsch anfänglich naturgemäß sehr schwerfielen bei seinem schweißtreibenden Ringen mit Genitiv, Dativ und Akkusativ, manchmal legten die ihn komplett auf die Matte, diese Biester. Alles die Verständnislosigkeit anderer noch vergrößernd. Herrjeh, kannten denn Deutsche nicht die Meisterwerke in ihrer Sprache, auch wenn es schweizerische sind? Der grüne Heinrich, Romeo und Julia auf dem Dorfe, Die drei gerechten Kammmacher? Hatte er alles gelesen. Zur Untätigkeit gezwungen hatte er ja auch viel Zeit dafür. Das sollten ihm all die Deutschländer-Würstchen von der CDU erst mal nachmachen! Nichtsdestotrotz (selbst solche vertrackten deutsche Wörter kamen ihm mit den Jahren immer flüssiger von den Lippen, wenn auch mit einem gewissen Akzent) blieb er bei dem Namen, mit dem ihn die Vorsehung bedacht hatte.

Geraume Zeit später vernahm er von einem Gelehrten, dass sein zweiter Vorname im Deutschen „Melkart" bedeutet, abgeleitet von *Milk-Qart*, dem phönizischen Schutzgott der Schifffahrt, zuständig unter anderem für die Bezähmung wilder Stämme an fernen Küsten, offenbar höchstgradig hormongesteuert und liebestoll. Ist kein Scherz, kann man alles auf Wikipedia nachlesen. Ach, hätten die doch damals gegen die Römer gewonnen, sinnierte Gottfried. Das finstere Mittelalter wäre denen in der Ersten Welt dann sicherlich erspart geblieben. Entdeckt worden wäre sein Land natürlich irgendwann auch. Aber hätten sich die Entdecker dann nicht an der Sinnenfreudigkeit der Ureinwohner ergötzt und in ihnen Gleichgesinnte erkannt? Im Internet fand Gottfried auch eine Handvoll Leute, die tatsächlich Melkart hießen. Er fühlte sich einer winzigen verschworenen Gemeinschaft zugehörig, ähnlich einer geheimen Loge. So nennen tat er sich trotzdem nur bei bestimmten Gelegenheiten, auf die im Folgenden noch näher eingegangen wird, um nicht mit noch mehr fragenden Gesichtern konfrontiert zu werden.

Lernbegierig, wie es seiner Art entsprach, bat Gottfried seinen ersten Vermieter, kein Pseudo-Pidgin-Englisch mit ihm zu reden, sondern nur in dessen Sprache. Erst viel später und nach unzähligen um Verständnis ringenden Mienen in Alltagssituationen erfuhr er, dass sein damaliger Vermieter aus Finnland kam. Zunehmend fand Gottfried auch Gefallen an der deutschen Küche. In seinem Land gab es ja morgens, mittags und abends nur Reis mit Bohnen und dazu Huhn oder Fisch. Leckereien wie Blutwurst, Rollmops, Mettbrötchen, Labskaus oder Döner Kebab waren dort gänzlich unbekannt. Die seinen kannten auch nur eine einzige Biersorte, die entgegen allen deutschen Trinkgewohnheiten in eisgekühlten Krügen ausgeschenkt wurde. Rein haute das, besonders, wenn mit Rum nachgeholfen wurde, das ist wahr. Aber sollte das gepflegte Trinkkultur sein?

Mit der Zeit machte Gottfried auch die Erfahrung, dass sein rabenschwarzes Haar, sein kupferfarbener Teint, seine habichtige

Hakennase und seine gerollten Zungenspitzen-Rrrrs auf deutsche Frauen anziehend wirkten. So aussehen und reden wie er taten, wo seine Wiege stand, aber alle, da war er gar nichts Besonderes gewesen. Einmal sagte eine blonde und blauäugige Deutsche (solche Klischees gibt es im wirklichen Leben) danach bei einer Zigarette und einem Glas Wein zu ihm: „Heute ist doch noch gar nicht mein Geburtstag oder, wie bei euch festlich begangen, mein Namenstag. Niemals hat mich jemand so gefeiert und gelobpreist wie du. Wirst jetzt sicherlich total erschöpft sein nach dieser Schwerstarbeit. Ich auch. So muss man sich am Ende der Königsetappe der Tour de France fühlen. Oder geht noch einer? Daran werde ich immer denken, wenn andere sich redlich bemühen, die in sie gesetzten Erwartungen zu erfüllen, wie es in vernichtenden Arbeitszeugnissen heißt. Sollten wir wiederholen. Gleich morgen, wenn die Batterie nachgeladen ist? Du schaffst doch auch zwei gleichzeitig, ich könnte meine beste Freundin, ziemlich hübsch, mitbringen. Sie hat ja mit ihrem Gatten, einem Investment-Banker und FDP-Ortsvorsitzenden, nicht mal mäßigen Spaß und keine Höhepunkte. Das mit *Leistung muss sich wieder lohnen!* sollte er sich komplett abschminken, was für ein schaler, abgeschmackter Hohn! Mit ihrem bisschen Krav Maga aus dem Fitness-Studio hält sie ihn sich komplett vom Leib, den marktliberalen Schwuchtelfurz, wenn er mal wieder zu einem kläglichen, von vornherein zum Scheitern verurteilten Versuch ansetzt. Bereitwillig dagegen nicht immer in der Sauna des Fittis den einen oder anderen dieser muskelbepackten Dummfickt-gut-Typen, wenn es dampft und gleich danach eisig wird. Aber kann man das ernstlich wahrhaftige Empfindung nennen? Auch meine Nichte sollte einfach nicht länger von pickligen Knäblein und Bauernlümmeln – sie wohnt in einem Kuhdorf – eingewiesen werden. Zu Kerlen gemacht werden sollen die doch von ihren Ziegen. Wie wär's? Was meinste, Melkart? Überleg's dir! Musst dich doch nicht gleich morgen entscheiden. Kostet dich auch gar nichts. Den Champagner, den Kaviar und die Austern bringen wir selbst mit, das zahlen doch alles die, denen wir, was war nur in uns gefahren, ewige Treue geschworen haben. Aber sie sind es doch gewesen, die uns nicht treu waren und sind. Gelegentliche verlängerte Wochenenden auf Sylt mit dir, im Meer herumtollend, neidisch beäugt von allen Sternen. Prada oder Gucci trägt man am Strand nicht oder kaum mit dem Auge wahrnehmbar. Klingt doch gut, oder?"

Sie hatten alle sehr viel Spaß miteinander. Andere mussten joggen oder ins Fitti gehen, er brauchte das nicht. Ausländer rein(!), wurde ihm manches Mal ins Ohr geflüstert oder auch geschrien. Über das Alter der Nichte schweigen wir uns aus. Jedenfalls war sie bei ihrer ersten Begegnung gar nicht so weit von 18 entfernt und schon recht erfahren. Psychische Schäden trug sie auch nicht davon. War nicht sie es gewesen, die immer die Initiative ergriff? Wenn jemand überrumpelt wurde, dann doch er. Sie erzählte auch alles ihrer Mutter, gefühlt ihre vertraute Schwester, die sich dabei nostalgisch an ihre eigene wilde Jugend erinnerte. An Barney, der in ihrer Stadt als britischer Soldat stationiert war. Aus einem abgelegenen Winkel des vormaligen Empires kommend, mit einem ebenfalls sehr dunklen Teint. Bernd, wie sie ihn zärtlich in ihren gemeinsamen intimen Stunden nannte, nachdem sie die Bedeutung seines Namens im Deutschen ergründet hatte. Ihm gefiel es und es spornte ihn zu Höchstleistungen an. Er nannte sie Grace, nicht als englische Variante ihres deutschen Vornamens, sondern weil sie so schön war wie die Gnade. Volljährig war sie damals auch noch nicht. Manchmal wiederholt sich Geschichte. Nicht in jedem Detail, aber in ihren Grundmustern. Ihre Beziehung mussten sie vor den Stadtbewohnern, ihren Eltern und seinen Vorgesetzten geheim halten, da hatte es die Tochter heute sehr viel besser. Irgendwann wurde er versetzt, fast auf die andere Seite der Erdkugel. Er beschloss, zu desertieren, tat es dann aber doch nicht, wegen ihrer Mütterchen und der Unmöglichkeit ihrer Beziehung, die kein Standesbeamter abgesegnet und sie zum Gespött ihrer Stadt gemacht hätte. Sie verstand. Ihr tränenüberschwemmter Abschied auf dem Bahnhof brach ihr das Herz. Aber die Zeit heilt ja Wunden. Ihren späteren

Ehemann liebte sie aufrichtig und von Herzen, aber manches Mal, wenn auch zunehmend weniger, überkam sie die Erinnerung wehmutsvoll. Seine Liebesbriefe zeigte sie übrigens auch ihrem Gatten, sie war ja nicht verlogen. Auch er verstand, sie hatte einen guten geheiratet. Als zweite Wahl empfand er sich nicht und das brauchte er auch ganz gewiss nicht zu tun. Wie könnte ausgerechnet sie ihrer Tochter Vorhaltungen machen? Sie bestand lediglich, dies aber mit aller Entschiedenheit, auf Verhütungsmitteln. Nur den Part ihrer Schwester verschwieg sie der Mutter. Sie wusste um deren Rivalität bis zum Tag des Jüngsten Gerichts, wer der beiden besser aussieht. Die Mutter hätte vielleicht die Probe aufs Exempel gemacht. Aber der arme, bis an die Grenzen seiner Leistungsfähigkeit gebrachte Gotti brauchte doch auch noch Zeit zum Lesen, in der auch sie ihm nicht mit noch so freizügigen Versprechungen und ihn umschlingend wie die sechsarmige Kali Durga das Buch, in das er gerade vertieft war, aus den Händen entwinden konnte. Sie hatte es mehr als einmal vergeblich versucht. Dank des Kellers, des Genetivs beherrschte sie, hatte sie auch schon das eine oder andere gute Buch gelesen, das er ihr empfahl. García Márquez, Francis Scott Fitzgerald, seine Zelda irgendwie so wie sie, Harold Brodkey, Michel Foucault, in den Augen der Welt gewiss nicht immer leicht verständliches Zeug. Zusammen mit der Adorno-Brille, die sie sich aus rein modischen Gründen zulegte, wirkte dies ernüchternd wie eine eiskalte Dusche auf Oberschüler mit 1+ im Leistungskurs Latein, als könnten die heute noch Kleopatra ficken, auf Studenten der Betriebswirtschaftslehre oder so in ihrem Umfeld, auf gesetzte, wohlsituierte Banker und Kreative aus dem Bekanntenkreis ihrer Eltern ebenfalls. Verehrer, die vor ihr, Small Talk als Vorgeplänkel machend, wissen wollten, welchem Fußball-Verein sie die Daumen drückte, fragte sie, nicht aus Hochmut, sondern aus ehrlichem Interesse, was sie von Jorge Luis Borges hielten. Der eine oder andere von ihnen wurde danach zum Spezialisten für das Werk des Magiers aus der Calle Maipú. Kein Fall für den Staatsanwalt also, auch wenn er sich vielleicht dafür interessiert hätte.

Seine drei Schneewittchen nannte er sie zärtlich-verspielt, dabei auf ihre sehr helle, bei ihnen nur selten von der Sonne verwöhnte Haut anspielend und nach dem Märchen der Gebrüder Grimm, das er inzwischen auch gelesen hatte, im deutschen Original, wenn auch oft das Wörterbuch bemühend. Hey Miss Chicken, wäre ihnen in seinem Land als Anmache zugerufen worden, in beschämend rudimentärem Englisch. Irgendeine Verständigungsebene hätten sie aber dennoch finden können.

Sie gingen auch mit ihm mit handbemalten Kartons und den Farben seines Landes auf den hübschen Wangen zu einer Demo mit spärlicher Teilnehmerzahl vor dem Konsulat seiner Republik, Fäuste ballend und Reime in seiner Sprache skandierend, die sie auswendig gelernt und deren korrekte Aussprache sie von seinen Lippen abgelesen hatten. Der Konsul versteckte sich, die feige Sau. Wohl sein Glück. Die beste Freundin hatte angekündigt, ihm in seinen Unterleib zu treten, den sie allerdings mit einem anderen, hier nicht wiedergebbaren Wort benannte. So gut war sie mittlerweile dank Gottfried mit den Verhältnissen in seinem Land vertraut, das sie vorher wie die meisten von uns kaum auf der Weltkarte gefunden hätte und von dem sie bis dahin nur gewusst hatte, dass dort erdverbundene Indigene sich bunt kleiden und archaische Instrumente spielen und die Busse auch Hühner und Ziegen befördern, in halsbrecherischer Geschwindigkeit und mit dröhnenden Musikanlagen. Danach zog das Fähnlein der vielleicht fünfzehn Aufrechten, neugierig beäugt von Passanten, weiter zum Platz vor dem Rathaus, wo man ihnen jedoch den Zugang verwehrte. Die interessiert dreinblickende Sachbearbeiterin am Empfang nahm aber ihre Petition entgegen. Was danach wohl aus ihr geworden ist? Der Petition.

Das alles bestärkte den Keller in seinen Integrationsbemühungen. Gut, Genetiv, Dativ und Akkusativ warf er oft durcheinander und das blieb auch so, das stimmt, aber das tun die Franken ja auch.

Nachdem nach überlanger Weile das mit der Aufenthalts- und Arbeitserlaubnis endlich auch geklärt war, fand der Keller einen Job mit einem zwar nicht üppigen, aber durchaus auskömmlichen Gehalt. Mit seinen Kollegen verstand er sich sehr gut, mit den Zugewanderten ebenso wie mit denen, die ihre Herkunft bis auf Roderich den Knarzer zurückführen konnten. Nur einmal, als er zur Feier seiner Beförderung und zum Zeichen seiner Vertrautheit mit deutschen Sitten und Gebräuchen ein paar Flaschen Jägermeister auf den Tisch stellte, fand der Chef das überhaupt nicht amüsant. Zunächst nicht. Dann aber schon. Und immer mehr. Holla die Waldfee, mit dieser wohl unübersetzbaren deutschen Redensart ließ sich ihr damaliger Endzustand sehr treffend beschreiben. Ein Beitrag zum Abbau interkultureller Missverständnisse, die es naturgemäß gab. Auch die urdeutsche Tradition des Feierabendbierchens und -schnäpschens sagte dem Keller zu, am liebsten an Trinkhallen, wegen der anregenden Gespräche und des internationalen Flairs.

So vergingen die Jahre. Seine Heimat verblasste für ihn zunehmend zu einer mal wehmütigen, mal schmerzlichen Erinnerung. Bei unseren Zusammenkünften erzählte er mir immer weniger von daheim, neuere Erlebnisse überlagerten seine Gefühlswelt. Ihm blieb die manchmal von Schwermut durchzogene, überlegene Aura eines Mannes, der einmal einen sehr großen Schritt gewagt und ihn nie bereut hatte. Und er schrieb weiter. Immer noch Gedichte, aber zunehmend auch Erzählungen, mit den gleichen Themen wie früher, aber angereichert mit seinen hiesigen Erfahrungen. Seine Werke werden demnächst in diesem Verlag veröffentlicht, in der Originalsprache und in ihrer von ihm angefertigten deutschen Übersetzung. Aber das genaue Erscheinungsdatum steht noch nicht fest. Manches Mal sprechen wir ausschweifend bei Bier und Korn bis in die frühen Morgenstunden über unsere poetischen Ergüsse, danach die stürmische Hafenmauer entlang schwankend, grölend und uns gegenseitig stützend. Schade nur, dass das kaum einer oder eine lesen wird. Aber die eine oder der andere vielleicht doch, wer weiß?

Irgendwann schoss auch die beste Freundin ihren FDP-Pupser wegen Gottfried auf den Mond. Aber blechen musste er und nicht knapp. Wie schon bei früherer Gelegenheit erwähnt, war sie ziemlich hübsch und jetzt auch noch rundum befriedigt. Sie hatte schon vor einiger Zeit damit begonnen, Gottfrieds Sprache zu erlernen. Noch ohne großen Erfolg, aber Schritt für Schritt. So wie man es machen muss, wenn man in eine fremde Sprache eintaucht. Und das tat sie. Sie hatte das Lager gewechselt. Nicht mehr war sie das gepuderte Mittelstandsfötzchen von früher, wie einmal jemand, ich glaube, es war Fritz Tietz von der taz[3], ihresgleichen beschrieb. Gucci und Prada gehörten auch der Vergangenheit an. Hochhackig und eng anliegend, das schon noch. Ihre Liebe zu Gottfried ging nicht so weit, jetzt in folkloristischen Baströckchen und mit einer Feder im Haar herumzulaufen. Das wäre im Übrigen auch gar nicht seinem Auge wohlgefällig gewesen. Und seine Leute daheim kleideten sich ja auch gar nicht so, wie es klischeebepackten hiesigen Vorstellungen entsprach. Der Fortschritt war selbst dort so weit vorgeprescht, dass man sogar in weltabgelegenen Dschungeldörfern nicht nur von der Erfindung von Jeans und T-Shirts gehört hatte, sondern sie auch trug. Oder lief er etwa im Lendenschurz und barfuß herum?

Ein Kind wurde geplant. Gottfried gab sich alle Mühe. Manchmal, aber beileibe nicht immer, bis zu drei- oder auch viermal täglich. Nach einer Zigarette und einem Drink danach auf dem

---

3 Eine andere Autorenangabe habe ich jedenfalls im Internet nicht gefunden. Fritz Tietz lebt laut eigener Angabe als Nachfahre preußischer Einwanderer in der Nordheide und ist Fan von Arminia Bielefeld, warum eigentlich nicht? Sie sehen übrigens, ich gebe meine Quellen an oder so. Dass Plagiatsjäger in diesem Bändchen fündig werden könnten, halte ich aber dennoch gar nicht für völlig ausgeschlossen. Was werde ich wohl alles so aufgeschnappt und abgespeichert haben, ohne es mir bewusst zu machen, wenn ich was zu Papier bringe? Sollte dem hier und da so sein, bitte ich um Nachsicht und Milde.

Balkon, frische Luft schwer einatmend und über dies und jenes plaudernd oder in den Anblick der Sterne versunken, auch mit einer Zugabe. Oft kam es vor, dass er dann am Morgen im Büro kaum noch die Kaffeetasse oder den Kugelschreiber halten konnte. Nicht selten war aber auch sie es, die ihn auf das Sofa oder den Küchentisch knallte. Dann war er es, der nicht mehr wusste, wie ihm geschah. Schneewittchen und der Zwerg. War in Ordnung. Er war ja kein Macho oder jedenfalls nicht so sehr, wie es in seinem Land schon 15-Jährige zu sein pflegen. Bei jeder Mahnwache vor dem Konsulat, nur sehr wenige kamen dabei zusammen, interessierte halt keine Sau, war sie mit dabei. Wenn das ihr ehemaliges Banker-Würstchen wüsste. Sie erwog kurzzeitig, ihm Videos in Echtzeit nicht nur von den Demos, sondern auch von intimerem, künstlerisch wert- und anspruchsvollerem zu schicken, verwarf diesen Gedanken dann aber sehr schnell. Er war es nicht wert. Interessiert suchte sie im Internet nach Nachrichten und Berichten über Gottfrieds Heimat, aber auf Deutsch gab es dazu nur sehr wenig, wenn nicht mal wieder ein Vulkan ausbrach oder ein Sturm so richtig wütete und alles bis zu den Palmendächern unter Wasser setzte. Dann spendete Schneewittchen Geld und Sachmittel. In Melkarts Sprache war sie noch nicht so weit, um die dortigen zwei oder drei Widerstands- und Untergrundblättchen lesen zu können. Sie nahm wieder ihren vor sehr langer Zeit eingeschlafenen Taekwondo-Kurs auf, um für den Tag der Befreiung von Kellers Land gerüstet zu sein, das jetzt auch zu ihrem geworden war. Und sein Vaterland verrät man nie. Das Volk ist allerdings schon oft besiegt worden.

Gottfried hielt sie für mehr als nur ziemlich hübsch. Schneewittchen wurde zur Muße seiner Lyrik. Sie fühlte sich in den Himmel gehoben und verklärt. Niemals, nicht einmal in bescheidensten Ansätzen, hätte ihr Ex, dem dazu jegliche poetische Ader fehlte, sie so detailverliebt beschreiben können, etwa wenn Gottfried ihre Oberschenkel „glatt wie der Stahl von Kreuzern" rühmte, ihren „wenn sie ihn nur gekannt hätten, schon

Dante und Petrarca inspirierenden und ihnen Wollust spendenden erhabenen Hintern", „ihren gemeinsamen Höhepunkt wie ein Feuerwerk, das den gesamten Himmel ausfüllt", „den Zug, der in einen Tunnel brauste, als sie sich im Schlafabteil zu lieben begannen". Solche literarischen Leckerbissen und noch sehr viele mehr. Ein Zeichner war nicht zur Stelle. Aber, meinte sie nachdenklich, ein Fotograf mit künstlerischen Ambitionen hätte doch sicherlich viel in der Trickkiste, Kameraeinstellungen, Beleuchtung, Blende und so, um den Kontrast, aber auch die Vereinigung von weiß und dunkel noch zu betonen und ästhetisch zu sublimieren. Oder eine Fotografin. Was würde ihn mehr anmachen?

Der Keller hielt sich nicht nur für bestens integriert, er war es. Mit seiner einstigen Heimat hatte er abgeschlossen, auch wenn er die Nachrichten von dort noch interessiert und angewidert verfolgte. Nicht mal zum Urlaub nach einer Änderung der Machtverhältnisse würde er zurückkehren. Er kannte dort niemanden mehr, nachdem auch seine Mutter gestorben war, zu deren Beerdigung er nicht hatte kommen können. Andere, gute Freunde von ihm, fristeten jetzt ihr Dasein als Maurer oder Kellner in den USA, geringgeschätzt. Die Alten mit ihrer Lebensweisheit waren auch nicht mehr da. Der Kontakt zu seinen Geschwistern brach schon vor sehr langer Zeit wutentbrannt und unter wechselseitigen wüsten Beleidigungen ab, weil sie auf der Seite des Regimes standen. Sie hatten niemanden verloren, er schon und nicht nur Lucinda. Sie hielten den Sieg ihres Fußballvereins für das Allerwichtigste, er wusste genau, wer dort alles auf der Ehrentribüne saß. Man hatte sich nichts mehr zu sagen. Er würde sich dort nicht mehr zurechtfinden. Deutschland war jetzt zu seiner Heimat geworden. Er war wie ein frei treibendes und den Unbilden der Witterung hilflos ausgesetztes Boot gewesen, das endlich seinen sicheren Hafen fand.

Wenn nur nicht der Regen gewesen wäre. Regen war in seinem Land was ganz anderes. Ein warmer Dunst, wenn die Regenzeit anbrach. Manchmal so warm, dass man sich in die inneren Räume, so es solche gab, zurückzog, weil es dort kühler war. Die Luft war drückend, bleischwer und von Feuchte durchtränkt, aber es war windstill. Die Regentropfen fielen wie Projektile im Dauerfeuer auf die Erde hinab, beim Aufspritzen wurden sie zu waberndem Nebel, der sich über alles legte. Die Palmen, Jacarandas und Bougainvilleas schwankten im stetigen Regen, als würden sie über irgendetwas die Köpfe schütteln. Frösche in Tümpeln quakten dazu. Sie verbrachten ihre Siestas in Hängematten, eingelullt vom Trommeln des Regens und dem Gurgeln der Dachtraufen. Scheinbar gab es nichts auf der Welt außer dem Regengeplätscher und den Geräuschen der saufenden schmatzenden vollgesogenen Erde, die jetzt alles nachholte, was ihr in acht Monaten glühender Hitze verwehrt war. Es tat ihr gut, sie blühte auf, aber schon bald wurde sie zu einer schwarzen seifigen Masse. Der Regen schwoll an wie ein machtvolles Orchester. So war dort die Regenzeit. Vier Monate ungefähr, von Anfang Juni bis Ende September. Dann war alles auf einen Schlag vorbei und die sengende Hitze nahm das Land wieder in ihren Würgegriff.

Dagegen der Regen in Deutschland: Gottfried war an der Küste gestrandet, wo es oft ganz doll suppte, gefühlt den ganzen Herbst und Winter über. Schietwetter genannt. Aber auch im Rest des Jahres war man nicht davor gefeit, ganz und gar nicht. Ein Himmel, grau wie ein schmutziger Putzlappen. Vom Meer her starke Böen. Überall tröpfelte es schmuddelig. Regenschirme, die dazu neigten, irgendwo liegengelassen worden zu sein, wenn man sie am nötigsten brauchte. Schwarze Wolken schlugen aufs Gemüt und entluden sich. Dann gurgelten die Dachtraufen wie Sturzbäche. Gottfried hatte doch keine Gummihaut und Flossen, verdammt noch mal! Selbst die Werbereklamen strahlten nur in verblichenen Farben. Und erst der Nebel, der wie kalter Qualm durch die Straßen zog und sich lautlos auf alles legte. Schemenhafte Gestalten huschten vorbei. Andere blieben unsichtbar, bis man fast mit ihnen zusammenstieß. Nichts war zu hören außer dem Widerhall der eigenen Schritte und dem steten Tropfen von Wasser aus Dachrinnen. Dann begann die klirrende Starre des grimmigen Winters.

An solchen Tagen dachte Gottfried oft an die Strände seiner Heimat. Pudrig weißer Sand, davor das Meer in allen Blau- und Grüntönen, von Kobalt über Türkis bis Azur, dahinter Palmen, die sich sachte im Wind rekelten. Eine versunkene, mit Muscheln, Korallen und Algen überwachsene Karavelle, zu der man hinabtauchen konnte. Ihres Goldes oder Silbers hatten sich schon verwegene Schatzsucher bemächtigt. Mangrovenwälder. Auch Strände mit dunklem, fast schwarzem Vulkansand, denn die Erde seines Landes konnte auch wild um sich schlagen wie ein sturzbetrunkener Hooligan und übellaunig, herrisch sein wie ein Hausdrache an einem seiner schlechtesten Tage. Manches Mal dachte er dann auch an die samtweiche, zimtfarbene Haut und die ihn verschlingenden Küsse von Lucinda, nie vergessen. Darüber konnte ihm auch sein Schneewittchen nicht hinweghelfen. Mit ihrem Taekwondo ließen sich die Dämonen auch nicht verkloppen, die waren schmerzunempfindlich. Aber sie zurückdrängen und sehr oft auch vergessen machen, das konnte sie. Manchmal dachte er wochen- oder sogar monatelang nicht mehr zurück.

Der Keller fühlte sich, wie schon gesagt, gleichwohl (auch so ein deutsches Wort) bestens integriert. Er hätte sich sogar einen oder mehrere Gartenzwerge in seinen Garten gestellt, wenn er einen Garten gehabt hätte. Auch die anderen Schrebergärtner*innen (Gendern konnte er mit der Zeit auch, so gut integriert war er) hätte er dann zum Grillen und zum Bier aus dem Aluminiumfass eingeladen. Nur Bratwürste hätte er nicht auflegen können. Seine Nachbarn kamen ja auch aus Ländern, in denen man aus unerfindlichen Gründen Schweinefleisch verschmähte. Aber Alkohol trank man dort offenbar auch und nicht wenig.

Nur eines ging ihm mächtig auf den Zeiger. Immer wenn er seinen Pass zücken musste, nahm er mit seinen Sensoren, empfindlich geworden und geschärft wie die einer Fledermaus, in den Mienen von Beamten, Verkäufern oder Rezeptionisten einen Ausdruck von Beklemmung oder auch Misstrauen wahr. So als ob man ihn als Auftragskiller hätte mieten können. Der vertraulichen Fragen, ob er nicht gutes Koks in seinem Sortiment habe, war er restlos überdrüssig. IHN fragte man das, den stets gesetzestreuen korrekten Steuerzahler. „Jetzt reicht's", sagte sich der Keller eines Tages, weg mit dem alten Pass und her mit dem deutschen! Aber vor den Erfolg haben die Götter den Fleiß gesetzt. In Gottfrieds Fall bedeutete dies: Den Einbürgerungstest.

Die zu beantwortenden Fragen fand Gottfried lachhaft einfach. Na ja, die allermeisten. Buster Keaton und Mr. Bean würden diesen Test wohl nicht bestehen, aber er ganz mühelos, da war er sich völlig sicher. Und dafür musste er 255 Mäuse hinblättern? Aber vielleicht fehlte dieses Geld ja im Bundeshaushalt.

Eine kleine Blütenlese der Fragen und möglichen Antworten gefällig? Die nachfolgende Auswahl ist durchaus repräsentativ. Nichts davon ist dem überbordenden Einfallsreichtum des Verfassers dieser Geschichte entsprungen.

Deutschland ist
O *ein sozialistischer Staat*
O *ein Bundesstaat*
O *eine Diktatur*
O *eine Monarchie*

So lustig!

Wer wählt die Abgeordneten in den Deutschen Bundestag?
O *das Militär*
O *die Wirtschaft*
O *das wahlberechtigte Volk*
O *die Verwaltung*

Das wird ja immer besser!

Welches Recht gehört zu den Grundrechten in Deutschland?
○ *Waffenbesitz*
○ *Faustrecht*
○ *Meinungsfreiheit*
○ *Selbstjustiz*

In dieser Aufzählung fehlt das Schmiergeld, fiel Gottfried spontan dazu ein, der Verhältnisse in seinem Heimatland eingedenk.

Eine Partei im Deutschen Bundestag will die Pressefreiheit abschaffen. Ist das möglich?
○ *Ja, wenn mehr als die Hälfte der Abgeordneten im Bundestag dafür sind.*
○ *Ja, aber dazu müssen zwei Drittel der Abgeordneten im Bundestag dafür sein.*
○ *Nein, denn die Pressefreiheit ist ein Grundrecht. Sie kann nicht abgeschafft werden.*
○ *Nein, denn nur der Bundesrat kann die Pressefreiheit abschaffen.*

In meinem Land macht das ein Oberstleutnant der motorisierten Kavallerie, prustete es aus Gottfried heraus, zur allgemeinen Erheiterung der Kursleiterin und der -teilnehmer.

Die Wahlen in Deutschland sind:
○ *speziell*
○ *geheim*
○ *berufsbezogen*
○ *geschlechtsabhängig*

Berufsbezogen und geschlechtsabhängig! Darauf musste man erst mal kommen.

Die folgende Frage stimmte ihn nachdenklich:

Welches Land ist kein Nachbarland von Deutschland?
○ *Dänemark*
○ *Polen*
○ *Griechenland*
○ *Belgien*

Oft träumte Gottfried von Griechenland, seinem Sehnsuchtsort. Er hatte dort einmal einen Pauschalurlaub verbracht und es hatte ihm sehr gut gefallen. Strahlend weiße Häuschen mit blauen Kuppeln, bunte Fassaden, die sengende Sonne, abgemildert durch die frische Meeresbrise, versteckte felsige Sandbuchten mit einem Meer, so blau, grün oder türkis, Popen mit Rauschebärten, unter Olivenbäumen und an kleinen Tischchen geharzter, eiskalter Wein, der zu Kopfe stieg, mit Appetithäppchen, so fischig oder cremig, zur Abrundung eine kleine Karaffe Raki, am Abend mit Kerzenlicht, dem Rauschen der Brandung lauschend und in den Anblick der fast klischeehaft roten untergehenden Sonne vertieft, der Sonnenaufgang ähnlich, aber noch ohne Raki oder nur ein wenig, er hatte halt ein poetisches Gemüt, Badenixen, darunter auch Aphrodites, die ihn wegen seines Aussehens und seiner rollenden Zungenspitzen-Rrrrs für einen Gigolo hielten, was ihnen aber gar nicht unangenehm war, herzliche, spontane Einheimische, der Sirtaki, den er ganz schnell drauf hatte, er war ja kein hüftsteifer Deutscher. Dann auch noch der kleine Fels in der Brandung, zu dem man hinausschwimmen konnte, die Muscheln an den Füßen wie Korallen in der Südsee spürend, so flach war dort das Meer. Ähnliches, wenn auch sehr viel feuchtschwüleres, gab es auch in seiner Heimat, an der norddeutschen Küste nur mit größter Fantasie. Ist nicht das Land, von dem wir träumen, das uns nächstgelegene? Gerne hätte er diese Gedankengänge mit der netten Kursleiterin geteilt. Sie hätte ihn verstanden, das wusste er. Aber einen Punkt hätte er trotzdem nicht bekommen.

Welches Land war keine „Alliierte Besatzungsmacht" in Deutschland?
○ *USA*
○ *Sowjetunion*
○ *Frankreich*
○ *Japan*

Das seinige jedenfalls nicht, das wusste der Keller ganz genau. Es war dort genau umgekehrt.

In welchem Land gibt es eine große deutschsprachige Bevölkerung?
○ *Tschechien*
○ *Norwegen*
○ *Spanien*
○ *Österreich*

Österreich natürlich. Aber gehörte nicht Malle zu Spanien? Hier wären doch wohl zwei Antworten möglich und richtig, gab Gottfried zu bedenken. Die Kursleiterin sah das anders.

Deutschland ist ein Rechtsstaat. Was ist damit gemeint?
○ *Alle Einwohner/Einwohnerinnen und der Staat müssen sich an die Gesetze halten*
○ *Der Staat muss sich nicht an die Gesetze halten*
○ *Nur Deutsche müssen die Gesetze befolgen*
○ *Die Gerichte machen die Gesetze*

Ja, sinnierte der Keller, mit dem Rechtsstaat ist das so eine Sache. Manche bekommen dafür mächtig die Fresse poliert. Er ja nicht so sehr, er hatte rechtzeitig sein Bündel geschnürt. Elektroschocks, Schlafentzug, Waterboarding oder noch viel Schlimmeres waren ihm erspart geblieben. Aber anderen, auch solchen, die er kannte, nicht. Dieser oder jene aus dem Einbürgerungskurs könnte hierzu vielleicht die eine oder andere Geschichte erzählen. Aber das ließ der knapp bemessene Zeitplan nicht zu.

Und so weiter und so fort. Gut, es gibt auch knifflige Fragen, um bei der Wahrheit zu bleiben. Aber nicht so viele. Er musste ja auch nur 17 der gestellten 33 Fragen richtig beantworten. Das würde er locker schaffen, keine Frage. Jedenfalls fühlte sich Gottfried sehr gut gerüstet für den Einbürgerungstest und bestens integriert, trotz der Albträume, die ihn manchmal heimsuchten. Glatzen und Behörden kamen in ihnen vor, gewiss, aber meist ging es um sehr viel weiter zurückliegende Ereignisse. Dagegen half Abschalten in der Natur oder Doppelkorn. Na ja, wenigstens ein bisschen. Manchmal weinte er, wenn er an sein Mütterchen dachte.

Wer hoffnungsfrohe, optimistisch stimmende Geschichten mit einem glücklichen Ausgang mag, sollte an dieser Stelle vielleicht aufhören, weiterzulesen.

Der Andrang auf der Einbürgerungsstelle war groß, der für den Test zur Verfügung stehende Raum klein. Zuerst kamen die dran, deren Nachnamen mit A bis D begannen. Gottfrieds erster Nachname fing mit einem Z an. Das hatte ihm auch schon früher lange Wartezeiten eingebracht. Das hätte man ihm aber auch schon in der Einladung zum Test mitteilen können, maulte er innerlich. Dummerweise hatte er nicht daran gedacht, sich ein Buch oder eine Zeitschrift mitzunehmen. Auf dem Smartphone lesen mochte er nicht. Er liebte den Geruch von richtigen Büchern, in denen man Textstellen unterstreichen und sie mit Anmerkungen versehen konnte. Dass dies auch auf einem Smartphone ging, hatte ihm niemand gesagt. Und hätten ihn die Testleiter und -teilnehmer nicht für handysüchtig gehalten, wenn er die ganze Zeit auf sein Smartphone gestarrt hätte? Sich draußen die Beine zu vertreten, ließ der strömende Regen nicht zu. Wenigstens gab es einen Kaffeeautomaten und es lagen Broschüren in babylonischer Sprachenvielfalt herum. So konnte sich Gottfried einen Eindruck von Sprachen wie möglicherweise, aber sicher war es sich da nicht, Polnisch oder Tschechisch verschaffen. Sehr konsonantenreich, das war bei ihm ganz anders.

Aber manche Wörter verstand er trotzdem. Pass, Visum oder online, so kam es ihm vor, scheinen in allen Sprachen wohl so oder ähnlich zu heißen. Zigaretten hatte er auch dabei, aber sie gingen zunehmend zur Neige. So geht es manchmal zu im Wartesaal des Lebens, philosophierte Gottfried.

So vergingen Stunden, bis den Keller ein Gefühl des Unwirklichen, ja der Beklemmung und zunehmend auch der Fassungslosigkeit und des Entsetzens überkam. Etliche Gruppen waren aufgerufen worden, man war mittlerweile beim Buchstaben P angelangt. Die Namensträger hatten den Testraum betreten, aber noch kein einziger hatte ihn wieder verlassen. „Gibt es dort einen Hinterausgang?", erkundigte sich Gottfried bei der in Schriftstücke vertieften Aufsichtsperson. „Nein, wieso?", lautete die Antwort. „Aber, aber...", stammelte Gottfried. Er sah sich hilfesuchend um. „Wirklich nicht", fragte er nach. „Wirklich nicht", bekräftigte der Staatsdiener. Als die nächste Gruppe dran war, die von Q bis T, linste er durch die Tür. Tatsächlich, kein Hinterausgang, nirgendwo, nicht mal Fenster, nur einige wenige Farbdrucke hellten die grauen bunkerartigen Wände auf. Auch keine Treppe, die nach irgendwo führte. Kein Schrank, hinter dem sich eine Geheimtür verbergen konnte. Im fugenlos glatten Boden aus Linoleum konnte es auch keine Klapptür geben. Unter den funktionalen Tischen und Stühlen konnte sich ebenso wenig jemand verbergen. Er steckte seinen Kopf durch die Tür, aber nicht lange, weil er einen immer stärkeren Sog verspürte. Zu seinem Glück setzte er keinen Fuß über die Schwelle. Ein Riss im Universum tat sich für Gottfried auf, er begann, die Dinge so zu sehen, wie sie wirklich waren. Szenen aus Horrorfilmen prasselten auf ihn ein, in denen nichtsahnende unbescholtene Menschen von bösen, dunklen Kräften aufgesaugt und in gallertartige Massen verwandelt auf Nimmerwiedersehen verschwinden. Waren es die Gespenster seiner Heimat, die er verbannt zu haben wähnte, ihn nach langen Jahren aber endlich einholten und denen er im Grunde niemals hatte entkommen können, so sehr er sich dies auch wünschte, sein unentrinnbares Schicksal? Sie waren es. Wie von entfesselten Dämonen gejagt stürzte er aus der Einbürgerungsstelle, mehrere Stufen auf einmal nehmend, fast wäre er gefallen. Das war knapp, Kellerchen, aber wir kriegen dich, schien ihm der Gesichtsausdruck der Sachbearbeiterin am Empfang zu sagen.

Das war's mit seiner Einbürgerung. Aber Schneewittchen zog ja in Erwägung, seine Staatsangehörigkeit anzunehmen. Gab's ganz ohne Einbürgerungstest für eine überschaubare Geldsumme, die dann allerdings in höchst dubiosen, schmutzigen Taschen verschwinden würde. Aber hatte man die erst einmal entrichtet, konnte man danach dem fetten Konsul ins Gesicht spucken. Für Lucinda. Und so schlösse sich der Kreis.

ICH BIN DAS GESPENST

Ich bin das Gespenst, das auf dem Dachboden haust. Alles ist dort voller Spinnweben, Moder, Gerümpel, Plunder. Ein Holzpferd und eine Backstube für Kinder aus wilhelminischer Zeit, aber nicht mal mehr von antiquarischem Interesse. Ein mottenzerfressenes Brautkleid. Jahrgänge einer Zeitschrift, die mal jemand penibel gesammelt hatte, nunmehr vergilbt, zerfleddert und von Mäusen angeknabbert. Solche Sachen. Einen verschollenen Rembrandt oder so gibt's dort nicht. Denn das wüsste ich ja. Ist doch meine gute Stube. Lichtbeschienen nur durch eine kleine Dachluke. Hoch oben über der Dächersteppe, wo die Schornsteine qualmen und der Wind heult. Dielen, die ächzen wie ein von einer schweren Last Bedrückter. In den Augen der Welt kein Platz zum Verweilen. Nicht mal Kinder spielen dort Verstecken, so spukhaft mutet es an. Trotz ihrer teilweise beengten Wohnverhältnisse haben auch die Mieter und Wohnungseigentümer in meiner Behausung keinen Sex, schon gar keinen guten. „Man müsste da mal gründlich ausmisten", sagten sich schon wiederholte Male die Hausverwaltung und der Immobilienhai, am besten alles auf den Sperrmüll werfen und dann eine coole Loftwohnung daraus machen. Würde ein hübsches Sümmchen kosten, gewiss. Aber Investmentbanker und Kreative haben es doch. Aus all diesen hochgestimmten Plänen wurde jedoch nie etwas. Jeder, der das Vorhaben in der Mansarde in die Tat umsetzen wollte, wurde dort schon bald von einem undefinierbaren, wie in der Luft schwebenden Grauen ergriffen. Manche prallten dort auch wie ein Fußball von einer Wand zur anderen oder sie erbrachen Grünes, Ekliges. Schauernd stürzten sie aus der Rumpelkammer. Der eine oder andere von ihnen trat danach zum Katholizismus über und ging nicht mehr ohne Rosenkranz und sich bekreuzigend außer Haus. Das hilft aber überhaupt nichts gegen mich. Sollten die doch eigentlich wissen.

Ich bin also, wie schon eingangs erwähnt, das Gespenst auf dem Dachboden. Aber mein Herrschaftsbereich beschränkt sich nicht nur auf die Mansarde. Oh nein, beileibe nicht! Kinder im Haus, schon verängstigt durch das Vorlesen von Märchen der Gebrüder Grimm, schauen vor dem Schlafengehen unter das Bett und in den Schrank. Sie haben auch allen Grund dazu. Ich laure. Nächtliche Zecher auf dem Heimweg, die mein aschfahles, wachsbleiches Gesicht in der Dachluke erblickten, schworen danach, nie wieder einen Tropfen Alkohol zu sich zu nehmen. Ehepaare in den Schlafgemächern unter mir erwachten in tintenschwarzer Nacht, weil sie das Huschen von Mäusen oder Ratten über sich zu hören vermeinten. „Aber", fragten sie sich mit eisiger Beklemmung, „haben Nagetiere einen schleppenden, schleifenden Gang und stoßen sie Klagelaute aus?" In diesen Wohnungen herrscht eine sehr große Fluktuation. Niemand hält es dort länger aus. Ein anderer Hausbewohner, ein Gymnasiallehrer, hinterfragt jetzt mit unzähligen Einwänden Immanuel Kants „Kritik der reinen Vernunft". In seinem Unterricht setzt er seitdem ganz andere Schwerpunkte. Okkultismus, Geisterseherei, das zweite Gesicht, solche Sachen. Die Eltern und die Schulaufsicht sind ernsthaft besorgt. Auch das Heulen des Windes draußen und in den Luftschächten war und bin oft ich. Das Tröpfeln der Wasserhähne ebenso. Und das Rauschen in den Wasserleitungen. Manchmal kommt es auch vor, dass jemanden nachts auf der Suche nach seinen Pantoffeln eine eiskalte Hand ergreift. Oder dass er neben seiner Gattin zu schlafen wähnt, aber sie ist es gar nicht.

Ich bin aber auch nicht selten Wohltäter gewesen. Sind mir doch die Hausbewohner mit ihren großen und kleinen Sorgen und Nöten, die ich alle kenne, ans Herz gewachsen. Als einmal ein Lakai der Hausverwaltung entgegen allem Augenschein behauptete, dass dort doch gar kein Schimmel sei, zauberte ich ihn sogleich flächendeckend auf alle Wände. Gerichtsvollzieher mit Räumungsbefehlen in ihren Aktentaschen ergriffen von Entsetzen erfüllt die Flucht. Einen Galan, der mit den Gefühlen des jungen

Mädchens nur spielte, verwandelte ich vor ihren Augen in eine fette Kröte. Ein anderes Mal rührte mich ein kleiner Junge an, der hemmungslos schluchzte, weil er sich sehnlichst eine Pizza Salami wünschte und nicht bekam. Wenig später stand der Mann vom Lieferservice mit dem Begehrten vor der Tür. Es sei, erklärte er, eine Marketingaktion des Imbisses, um schon die ganz Kleinen als spätere Kunden zu gewinnen. Ich wollte das Übersinnliche ja auch nicht übertreiben. Sozial eingestellt, wie ich bin, liegt mir auch das Wohlergehen heimischer Kleinstunternehmen am Herzen.

Warum gruseln sich alle so vor mir?

OLE HANSEN

Es setzte sich neben mich. Auf einer Bank im Park. Ein älterer Herr, wohl schon lange im Rentenalter. Mit einem Regenmantel, dem man ansah, dass er bessere Jahre gesehen hatte. Aber gepflegt, kein Penner. Er bat mich um Feuer und schaute dann versonnen in den sich kräuselnden Rauch seiner Zigarette, wie um dessen versteckte Botschaften zu deuten. Dann begann er ein Gespräch mit mir. Zunächst über das mausgraue tröpfelnde Wetter und die apathisch dreinblickenden Enten auf dem melancholischen Teich. Nichts, was der Nachwelt überliefert werden müsste. Mir war das erst unangenehm. Ich war in meine Gedanken versunken und in den Anblick des herabfallenden Laubes und der kränkelnden Wolken vertieft. Eine für Norddeutschland gar nicht unübliche Stimmungslage, sondern im Herbst und Winter geradezu die vorherrschende. Aber die Geschichte des alten Mannes zog mich zunehmend in ihren Bann. Sie ist fürwahr die sonderbarste und verwirrendste, die ich in meinem ganzen Leben vernahm. Aber seine Ernsthaftigkeit und die Gefühlswallung, die aus ihm sprach, überzeugten mich vollends davon, dass er mir nichts vorflunkerte.

„Wissen Sie", fragte er mich, nachdem er eine Weile wie in Gedanken versunken geschwiegen hatte, „wie es ist, wenn man sich selbst begegnet? Ich meine jetzt kein esoterisches oder religiöses Zeug. Sondern wenn man sich im allerwahrsten Sinne des Wortes selbst begegnet? Ich kann Ihnen versichern, dass das nichts Angenehmes ist, oh nein, ganz und gar nicht. Aber urteilen Sie selbst!

Ich studierte damals Jura im altehrwürdigen Universitätsstädtchen L. Es liegt, wie Sie wissen, um die 120 Kilometer südlich von hier. Ich erwog, mir den Anwaltstitel von der Universität von Guatemala zu kaufen, so sehr ödete mich dies alles an. Aber wenigstens hatte es die Royal Air Force im Krieg gut mit dem historischen Stadtkern gemeint, er war noch weitestgehend intakt. Backsteingotik, Patrizierhäuser mit Ziergiebeln, oft windschief und von den Jahrhunderten gebeugt, Kopfsteinpflaster, Tiefland, der Blick auf den weiten Horizont, von keiner Anhöhe verwehrt, mit Heidschnucken wie in einem Postkartenidyll. Lauschige Plätzchen am Flüsschen I., ideal zum Knutschen oder um den Rausch auszuschlafen, höhlenartige Studentenkneipen. Grölende Burschenschaftler, die man in Ecken pissen oder kotzen sah. Aber ob Sie es mir glauben oder nicht, die trank ich alle unter den Tisch. Einige Male ging ich auch zu Feiern des marxistischen Studentenbundes Soundso, seinem genauen Namen entsinne ich mich nicht, das Alter. Aber auch dort gefiel es mir nicht. Billiger süßer bulgarischer Rotwein, von dem man am nächsten Morgen einen Brummschädel wie eine Trommel bekam. Verkniffene Gesichter. Gitarrenspiel, gut gemeint. Reden, für die man den idiomatischen Ausdruck *Quark auf Stelzen* hätte erfinden müssen, wenn es den nicht schon gegeben hätte. Studentinnen, von denen man einen Vortrag über weibliche Selbstbestimmung gehalten bekam, wenn man sie auch nur um ein Tänzchen bat. Wenn auch, ich geb's ja zu, mit dem Gedanken wenigstens an Petting im Hinterkopf. Das müssen sie an meinem Gesichtsausdruck gesehen oder gerochen haben. Zwischen diesen beiden Lagern gab es nichts, so verhärtet waren die Fronten. Sie können sich jetzt sicher vorstellen, dass ich damals ziemlich einsam war, wenn mich nicht Ingeborg, das Töchterchen meiner Wirtsleute, manches Mal getröstet hätte. Ihre Eltern merkten es wohl, wie ich augenzwinkernden Andeutungen und vielsagenden Blicken entnahm, und sahen es offenbar gar nicht so ungern. Einen Studierten als Schwiegersohn, warum eigentlich nicht? Aber letztendlich wurde doch nichts daraus. Sie lernte einen Studenten der Betriebswirtschaftslehre kennen.

Wir begegneten uns zum ersten Mal in einer gerammelt vollen, restlos verräucherten Studentenkneipe. Als allererstes überraschte mich unsere übergroße Ähnlichkeit, auch er stutzte. Dasselbe fast schwarze Haar, ganz unüblich für unsere Region, auch noch gleich geschnitten. Dieselbe Art, unsere Stirnlocken zurückzuwerfen, als ob wir eine Mücke oder einen unangenehmen Gedanken verscheuchen wollten. Die schlanke, fast hagere Figur. Das skeptische Gesicht, wie um einem Einwand zu widersprechen, der doch gar nicht vorgebracht worden war.[4] Oder als hätte uns irgendetwas nicht geschmeckt. Und noch sehr viele Übereinstimmungen mehr. Sollte mein Vater oder meine Mutter ...? Auch nahezu gleich gekleidet. Aber gut, Levis Jeans 501, ausgelatschte Turnschuhe und eine Army-Jacke trugen damals alle. Nur der Rotweinfleck an genau derselben Stelle unserer Jeans gab uns zu denken. Unsere Verwunderung wuchs, als wir uns mit genau demselben Vor- und Nachnamen vorstellten. Beide waren aber sehr weit verbreitet. *Ole* war bei uns damals mächtig in Mode, als Rückbesinnung auf unsere nordisch-wikingerischen Wurzeln und zur Abgrenzung gegen Südländer, die *Franz Xaver* oder *Sepp* hießen, süßes Bier aus Literkrügen tranken und dazu Schweinebraten verzehrten anstatt unseres frischen, manchmal noch leicht zuckenden Fischs. *Hansen* hieß bei uns gefühlt jeder Fünfte. Es gibt auch einen Jazz-Saxophonisten und einen Krimiautor, die diesen Vor- und Nachnamen trugen.

Irgendwann ergatterten wir einen frei gewordenen Tisch im hinteren Bereich, wo es weniger lärmig war und wir uns ungestört unterhalten konnten. Es wurde eine sehr lange Nacht, eine Sperrstunde gab's ja nicht, mit etlichen Runden Bier und Korn. Bis irgendwann, die auch nur annähernd genaue Stunde liegt in dichtem Nebel, der Wirt die Rollläden herunterließ, den Herren Studenten noch eine gesegnete Nachtruhe wünschte und wir hinaus in den Nebel stolperten. Wir redeten über unsere Kindheit und Jugend und kamen dabei aus dem Staunen

---

4 Könnte ich schon mal irgendwo gelesen haben. Weiß es aber nicht mehr. Vielleicht auch nicht.

nicht mehr heraus. Nur Gemeinsamkeiten oder sagen wir, fast nur. Nun werden Sie sicherlich einwenden, dass es völlig normal und überhaupt nichts Ungewöhnliches ist, dass Kinder Scharlach und den Blinddarm entfernt bekommen, dass sie Pizza lieben und Spargel verschmähen, dass sie beim Anblick von Modellflugzeugen große Augen machen, dass sie sich in ihrer Pubertät verzweifelt verlieben, als wäre es ihr ganz persönliches Armageddon, dass sie Latein und dessen Lehrer hassen und so weiter und so fort. Blicken wir nicht alle mehr oder weniger auf solche und ähnliche Kindheits- und Jugenderlebnisse zurück, werden Sie fragen? Recht haben Sie, wer könnte Ihnen widersprechen? Dass wir beide schon relativ früh und im gleichen Alter mit psychedelischen bewusstseinserweiternden Substanzen in Berührung kamen, entsprach damals geradezu dem Zeitgeist und kann daher auch nicht als Beweis für Übersinnliches gelten. Seltener war da schon unser beider Vorliebe für fantastische Literatur, Gogol, Poe, E.T.A. Hofmann, Borges oder Córtazar. Nach der Gaußschen Normalverteilung konnten wir allerdings auch gar nicht die einzigen jugendlichen Liebhaber dieser Literaturgattung gewesen sein.

Aber jetzt beginnt das Merkwürdige, das Unerklärliche und Verstörende. Ich muss dabei vorausschicken, dass wir, unser einziger Unterschied bis auf einen weiteren, auf den ich später noch zurückkommen werde, nicht in derselben Stadt aufwuchsen, sondern in weit voneinander entfernten. Wie konnte es dann sein, dass wir uns beide unseren jeweiligen Zeh bei einem Ballgefecht mit einem gewissen Moritz, an seinen Nachnamen entsannen wir uns nicht mehr, brachen, der rothaarig, sommersprossig und ein rechter Teufel war? Dass unsere Spielflugzeuge synchron einmal in eine Torte krachten und damit eine Kinderparty sprengten, auch noch an einem drückend heißen Sommertag, dessen Schwüle sich gleich darauf in heftigen Unwettern entlud? Dass Nachbarn mit einem Foxterrier neben uns wohnten, der Rodolfo Valentino II hieß? Dass wir beide eine Dortje Petersen ohne jede Aussicht auf Erfüllung anschmachteten, die einen leichten

Silberblick hatte und ihr dichtes Haar gerne zu Zöpfen geflochten trug? Dass wir die Wonnen der allerersten Liebe mit einer französischen Austauschschülerin namens Mireille aus Besançon auskosteten, an einem heißen Sommertag in einem Maisfeld? Dass unser beider Lateinlehrer Aloysius Hohner hieß und von allen hinter seinem Rücken „der Knacker" genannt wurde? Und so viele Übereinstimmungen mehr bis in die kleinsten Details. Sehen Sie nun, worauf ich hinauswill? Ich merke, Sie sind jetzt, geradezu ins Metaphysische gesteigert, nachdenklich gestimmt. Haben Sie eine plausible Erklärung für all dies? Sie schweigen. Hatte sich für mich ein Riss im Universum aufgetan? War ich in eine Zeitspirale geraten? Hatten die Spiritisten oder die vom Voodoo-Kult vielleicht doch Recht? Erst viel später wurde ich durch reinen Zufall gewahr, dass wir beide auch an genau demselben Tag des gleichen Jahres zur Welt gekommen waren.

Er studierte auch Jura im gleichen Semester. In Vorlesungen und Seminaren begegneten wir uns daher ständig. Vor der Tür rauchten wir gemeinsam. Abends auch Joints, nicht selten noch Reinhauenderes. Wir experimentierten mit allem Möglichen. War damals unter Studenten nicht unüblich. Was dort für Zombies mit eulenhaft verschleierten oder aufgekratzten Augen in Vorlesungen, Seminaren oder in der Mensa herumhingen! Wir schrieben die gleichen Noten, verstanden dieselben Paragraphen nicht, aber das traf auch auf so ziemlich alle anderen zu, und waren in exakt dieselbe Studentin verliebt. Die hatte noch viele weitere Verehrer. Sie konnte sich zwischen uns beiden nicht entscheiden, wählte einen Dritten und dann auch noch einen Vierten. Merkwürdigerweise fiel niemandem sonst unsere Ähnlichkeit auf, man hätte uns doch für Zwillingsbrüder, aus demselben Ei geschlüpft, halten müssen.

Einmal flickte ich den platten Reifen meines Fahrrads, mit dem ich zur Uni zu strampeln pflegte. Danach begegnete ich dem anderen Ole, der gerade auch mit dem Flicken seines Rads fertig geworden war.

Wir zogen in dasselbe Studentenwohnheim auf den gleichen Gang. Jedes Mal, wenn ich mich morgens auf den Weg zur Uni machte, sah ich auch ihn sein Zimmer am anderen Ende des Flurs verlassen. Verwunderlich war das aber gar nicht bei dem frühen und stets pünktlichen Beginn unserer gemeinsamen Vorlesungen. Der eine oder andere unserer Profs war ein Pedant und sah mit verärgertem Stirnrunzeln auf, wenn ein Unglückseliger mal zu spät kam. Dann trank man besser seinen Tee in der Mensa und vertrieb sich dort die Zeit mit Kartenspielen.

Einmal, in stockfinsterer Nacht, alles schlief, klopfte ich leise an die Tür seines Zimmers. Ich hatte sehr guten Stoff aufgetan und wusste, dass er begierig darauf war, ihn zu jeder Tages- und Nachtzeit mit mir zu teilen. Geweckt zu werden hätte ihn unter diesen Umständen nicht verärgert, sondern mit einem warmen Gefühl der Vorfreude erfüllt.

Auf mein Klopfen antwortete mir niemand von drinnen. Er schlief wohl fest. Lauter gegen die Tür schlagen wollte ich zu dieser späten Stunde wegen der Hausordnung nicht. Sachte drückte ich die Klinke herunter. Die Tür war unverschlossen. Ich trat ein. Seine ruhigen Atemzüge erfüllten den Raum. Behutsam und von seinem Gesicht abgewandt knipste ich die Nachttischlampe an, ich wollte ihm ja keinen Schrecken einjagen. Aber wie kann ich Ihnen mein Entsetzen beschreiben, das mich wie ein eisiger Wind durchfuhr, als ich sein Gesicht erblickte. War das der Ole Hansen, den ich kannte? Ja, zweifellos war er es, aber er war es auch wieder nicht. Er war der, den ich kannte und doch wieder ein ganz anderer. Der Atem stockte mir, meine Knie wollten unter mir nachgeben, nur mit großer Mühe führte ich die Lampe näher an sein Gesicht heran. Was war es, das mich in derartiges Grauen versetzte? Dass er, obgleich ohne Zweifel dieselbe Person, tagsüber ganz anders aussah. Alle seine Ähnlichkeiten mit mir waren jetzt in der Nacht von ihm abgefallen. Waren sie ein Fantasiegebilde gewesen, das ich gewoben hatte? Gaukelten überreizte Sinne mir sie nur vor? Oder gab es noch einen dritten Ole Hansen? Schaudernd schlich ich leise aus dem Zimmer.

Nun komme ich zum Punkt, dem einzigen, in dem wir uns grundlegend unterschieden. Unsere Temperamente waren ganz andere, man konnte sie völlig gegensätzlich nennen. Das seinige sehr leicht reizbar und aufbrausend, er neigte zu herrischen unkontrollierten Zornausbrüchen. Das meinige war ungleich milder gestimmt, stets auf Ausgleich bedacht. Oft versuchte ich, ihn zu bremsen und besänftigend auf ihn einzuwirken, leider meist ohne Erfolg, besonders, wenn Alkohol mit im Spiel war. Manchmal wollte er mich zu üblen Scherzen und Gesetzesüberschreitungen verleiten. Nicht immer hielt ich stand, ich muss es zu meiner Beschämung zugeben. Lag wohl auch an unserem Drogenkonsum, der zeitweilig übermäßig wurde. Trotzdem blieben wir die engsten Freunde. Zu viel verband uns, von dem nur wir wussten und niemand sonst. Wir verstanden uns auch schweigend, kommt höchst selten vor. Wir ergänzten uns wie Yin und Yang, fand ich.

Später zog ich in eine andere Region, der Liebe wegen. Der Kontakt zwischen uns brach aber nie ab, wir besuchten uns regelmäßig gegenseitig. Komisch, dass auch meine Frau nie bemerkte, dass wir uns wie eineiige Zwillinge ähnelten. Dann musste ich lange Jahre in einer Nervenheilanstalt zubringen. Man hatte mich in einem Strafprozess, gestützt auf ein psychiatrisches Gutachten, für unzurechnungsfähig erklärt. Vorgeworfen worden war mir eine schreckliche Gewalttat, begangen in berserkerhafter Wut, alle Sicherungen durchgebrannt. Viele Zeugen waren sich absolut und zweifelsfrei sicher, mich als Täter wiedererkannt zu haben. Aber ich war es doch nicht, wie hätte ich es mit meiner friedfertigen, jeder Gewalt abholden Art sein können, sondern der andere, mein dunkler Zwillingsbruder, der sich versteckt hielt, man konnte ihn nicht auffinden und den ich seitdem ganz vergeblich aufzuspüren versuche, ich lasse aber nicht nach. Sie glauben mir doch sicher, oder?"

Bald danach verschlug es mich aus beruflichen Gründen in eine andere Gegend, viel weiter südlich in der Diaspora. Ich sah ihn nie wieder. Ob er wohl mittlerweile den anderen gefunden hat?

Leserinnen und Leser werden sicher bemerkt haben, dass diese Geschichte anmaßenderweise von Edgar Allan Poes Erzählung „William Wilson" inspiriert ist. Ich denke jedoch, von ihm nur die Grundidee, von mir auch noch abgewandelt, übernommen und mich mit meinen dürftigen schreiberischen Mitteln an zwei, drei Szenen angelehnt zu haben. Das müssen aber Plagiatsjäger entscheiden. Auf mich werden sie sich allerdings kaum stürzen, ich bin ja kein Politiker. Wenn Wikipedia zu glauben ist, gibt es auch gar nicht so viele Doppelgänger-Geschichten und -gedichte in der Literatur (darunter eins von Goethe natürlich) und die kenne ich alle nicht. Ich kann davon also auch nichts abgeschrieben haben. Dostojewski lese ich nicht, ist selbst mir zu grell.

DER MANUSKRIPTFUND IN DER LUNIGIANA

Dieser Manuskriptfund in einem Kloster in der Lunigiana (nahe La Spezia), bei dem ich als Professor der Mediävistik mit dem Fachgebiet gotischer italienischer Handschriften federführend war und über den seriöse wie reißerische Medien berichteten, ist in der Fachliteratur Gegenstand eingehendster Erörterungen. Er führt uns zurück in das Hochmittelalter in der Toskana. Verfasst haben muss den Text ein Schüler aus dem Umkreis von Bocaccio oder sogar der Meister selbst. In ihrer Zeit scheint mir schon alles angelegt gewesen zu sein, was sich später so machtvoll in der Toskana entfaltete: Der Kunstsinn und der Meuchelmord, das Gewinnstreben und die pralle Sinnlichkeit, die Lüsternheit und die Verklärung, die Enge und der weite Horizont, die kurze Lebenserwartung und das Unvergängliche. Schandmäuler, denen man den Professorentitel und die Pension entziehen sollte, entblöden sich nicht, das Manuskript zu einer auch noch plumpen Fälschung aus meiner Feder zu erklären und ihm „schimpfliche interkulturelle Verdrehungen" anzukreiden. Lachhaft! Die geneigten Leserinnen und Leser werden sich selbst ein Bild von der Haltlosigkeit dieser hanebüchenen Anschuldigungen machen. Anhand meiner nachfolgenden Übersetzung, die, wie Sie sich unschwer werden vorstellen können, von kleingeistigen Neidern mit abstrusen semantischen Spitzfindigkeiten bekrittelt wird. Namentlich von jenem Gelehrtchen aus D., dessen Namen zu nennen ich für unter meiner Würde erachte, worin Sie mir zweifelsohne vollumfänglich beipflichten werden. Dabei kennen die das Original doch gar nicht! Ich halte es unter Verschluss, es ist noch nicht für die Öffentlichkeit freigegeben.

Aber lassen wir die Novelle jetzt für sich selbst sprechen!

„Sollten wir", meinte Arnulfo versonnen, als würde er einen Gedanken aufgreifen, der ihn gerade angewht hatte, „unser

Augenmerk tatsächlich immer nur auf unser liebliches Florenz richten, das doch, genau besehen, auch mit seinen weit verstreuten Besitzungen und Handelsstützpunkten nur einen sehr kleinen Teil der Erdoberfläche einnimmt? Geziemt es uns nicht, unseren Blick zuweilen nicht nur um schnöder Dukaten willen auf weit entfernte, verlockende Küsten zu lenken, allein um nicht von den hochmütigen Pisanern der provinziellen Engstirnigkeit bezichtigt zu werden? Und wer könnte uns besser Kunde von jenen Gestaden geben als unsere dickbauchigen Karavellen, beladen mit feinen flämischen Tüchern und berauschenden Weinen auf der Hinfahrt, mit Spezereien, Gewürzen und die Sinne betörenden Rauchwaren auf der Rückfahrt, dabei das Aroma und die Geisteshaltung der Weltläufigkeit zu uns schiffend? Die Religion war und ist dabei nicht wirklich ein Hindernis. Denn letzterdings zählten nur die klingende Münze, die auf beiden Seiten Gesichter heller aufleuchten ließ, als dies heilige Schriften vermocht hätten und der beiderseitige Wunsch, Verbündete gegen den immer dreister und fordernder auftretenden Papst und den ihm in dieser Hinsicht in nichts nachstehenden osmanischen Kalifen zu gewinnen. Aber seht mir, holde Damen und edle Kavaliere, diese, wie ich freimütig eingestehen muss, dröge Vorrede nach, die ich indessen zum besseren Verständnis von allem weiteren für geboten erachte. Wohlan denn, so vernehmt nunmehr, wenn es Euch beliebt und kurzweilig dünkt, die Geschichte von Rinuccio, zu seiner Zeit jüngster Spross der Florentiner Kaufmannsfamilie Gualtieri, über deren schier unermesslichen Reichtum ich in dieser Runde und unter unseren Zünften und Zechbrüdern kein Wort zu verschwenden brauche.

Von ansehnlichem Äußeren und mit einnehmendem Betragen, auch die Laute wusste er gefällig anzustimmen und bei Turnieren hielt er sich mannhaft, war Rinuccio, kaum der frühen Jugend entwachsen, mannigfaltigen Versuchungen ausgesetzt. Schmachtvolle Blicke wurden ihm verstohlen zugeworfen, parfümierte Taschentüchlein wie zerstreut in seiner Nähe fallen gelassen, Billette von verschwiegenen Dienerinnen in unbeobachteten

Augenblicken mit der Einladung zu spätnächtlichen Treffen zugesteckt. Diese Angebote zu verschmähen, wäre ungalant gewesen und auf allgemeine Verständnislosigkeit gestoßen, man hätte Rinuccios Männlichkeit in Abrede gestellt. Es wäre aber auch seiner Natur zuwidergelaufen. Indessen war er auch bei feurigen Liebeshändeln tunlichst darauf bedacht, sein Herz nicht zu vergeben und äußerstenfalls für Monate eine feste Bindung einzugehen. Den meist vermählten Damen war dies auch ganz genehm und ihrem Auskommen zuträglich. Und jungen Gören musste man ja viele Wünsche von den Lippen ablesen, aber doch nicht alle. Auch wenn sie wähnten, ihn lichterloh in Brand gesteckt zu haben.

Denn Rinnucios Sinnen war darauf gerichtet, in die Ferne zu ziehen, um der Enge seiner Heimatstadt zu entfliehen. Seinem Vater kam dies gelegen, hegte er doch den wohl nicht unbegründeten Verdacht, dass pflichtvergessene Statthalter in seinen rund um das Mittelmeer verstreuten Kontoren, seinen gestrengen Blicken entzogen, in die eigene Tasche wirtschafteten. So schiffte sich Rinuccio eines sonnigen Tages mit dem väterlichen Segen nach Ägypten ein. Die gemächliche Fahrt, unbehelligt von Piraten und unter günstigen Winden, nutzte er, wissbegierig, wie er war, um sich selbst der arabischen Sprache in Wort und Schrift zu unterweisen – wie er dies auch schon in Florenz geraume Zeit mit der Hilfe eines betagten Sarazenen getan hatte, der als junger Korsar nach einem Schiffbruch an der toskanischen Küste gestrandet war. Der erste Impuls, ihn zu köpfen, nachdem er in seiner Verstocktheit und Unbelehrbarkeit einen ihm vorgelesenen lateinischen Bibeltext offenbar nicht verstehen wollte oder vielleicht auch gar nicht konnte, war der Einsicht gewichen, dass er als Übersetzer womöglich dermaleinst noch gute Dienste leisten könnte. So gab man ihm in Florenz fürderhin sein Gnadenbrot. Wer zu wem betete, interessierte dort ja auch nur die Pfaffen und Betschwestern.

Gewitzt, wie Rinuccio nach Art der Florentiner war, verschwieg er bei seiner Ankunft in Kairo, dass er die arabische Sprache bereits leidlich gut beherrschte. Denn so hegte er die Hoffnung, dass sich seine Handelspartner im Glauben, er würde kein Wort verstehen, in seinem Beisein ganz frei unterhalten und ihm dabei verborgene Absichten und Hintergedanken enthüllen würden. Dass sie ihn nicht zu übervorteilen und über den Tisch zu ziehen trachteten, hielt er nach seinen heimatlichen Erfahrungen und seiner Kenntnis des Kaufmannsstandes für nachgerade unmöglich. Die Verhältnisse im Kontor fand er wohlgeordneter vor, als er es erwartet hatte. Über gewisse Fehlbestände und Lücken in der Buchführung, die einem anderen wohl entgangen wären, ihm mit seinem schon in jungen Jahren dafür geschärften Blick jedoch nicht, schaute er geflissentlich hinweg, sah er in dem Kontoristen, nennen wir ihn Aldobrando, doch seinen Cicerone und Türöffner, ohne den er aus dem Gassenlabyrinth von Kairo wohl kaum herausgefunden hätte. Auch seine Dienste als Übersetzer für ihn, des der Landessprache vermeintlich völlig Unkundigen, dünkten ihm unentbehrlich. Dass der eine den anderen reinzulegen versuchte, machten das in Florenz nicht alle Kaufleute? Auch der Statthalter, ein betagter Italiener, den es schon in jungen Jahren der Geschäfte wegen in die Levante verschlagen hatte, musste ja schließlich sehen, wo er blieb. Anfänglich, erzählte er Rinuccio, sah er sich als Christ in Kairo mancherlei Anfeindungen ausgesetzt. Aber das legte sich mit den Jahren, galt er doch irgendwann als Mann, der so honorabel und reinen Herzens war, dass er jede ausbedungene Bestechungssumme ohne zu feilschen entrichtete und nicht selten auch noch eine Handsalbe drauflegte.

Sowie nun Rinuccio seinen Wohnsitz in Kairo aufgeschlagen hatte, ließ er es sich angelegen sein, häufig durch dessen Altstadt zu streifen und sich dabei wie in einem Märchen aus *Tausendundeiner Nacht* zu wähnen, in einem Labyrinth kopfsteingepflasterter Seitengässchen und brüchiger Stiegen. Holzgeschnitzte, verschnörkelte Balkone und Erker berührten sich fast über ihm und ließen nur Dämmerlicht durch. Aus Hauseingängen und kryptaähnlichen Geschäften schauten ihm Männer nach, eher mäßig interessiert als feindselig. Er war von anderer Substanz, hellhäutig und blass, sie dunkel wie Schattenwesen. Aber nur Allah weiß ja, wer alles unter seiner Sonne wandelt. Oft verlief er sich. Verwinkelte Gässchen und tunnelartige Durchgänge führten ihn in die Irre. Manches Mal sah er sich plötzlich wieder an seinem Ausgangspunkt, wo er doch eine ganz andere Richtung hatte einschlagen wollen. Dann wieder erblickte er über sich, mal in weiterer, mal in geringerer Entfernung, eine Moschee mit einem schlanken Minarett, das wie ein Bleistift in den Himmel zu kritzeln schien. Er wollte sie sich von außen näher anschauen, aber wohin er auch seine Schritte lenkte, er fand den Weg zu ihr nicht. Die meist fensterlosen Häuser wirkten abweisend, es dünkte ihm, als ginge er inmitten langer Mauern. Aber kunstvoll geschnitzte Holztüren führten ihn in kühle Innenhöfe mit plätschernden Brunnen, Orangenbäumen, farbenprächtigen Teppichen und Sitzkissen, kleine Oasen der Ruhe inmitten der brüllenden Stadt. Zugänglich nur für Auserwählte, aber er hatte ja seine Geschäfte und seinen Geldsäckel als Türöffner.

Belebte Plätze waren dazumal erfüllt vom kakophonischen Lärm von Marktschreiern, Gauklern und Derwischen, wiehernden Eseln, blökenden Schafen, gutturalem Stimmengewirr und dem eintönigen Ruf der Muezzins von filigranen Minaretten, die in den blauen Himmel stachen wie Leuchttürme über dem Gassenmeer. Orientalische, farbenprächtige Gewänder, Kaftane, Burnusse, Feze und Turbane. Vogelvolieren und Garküchen, deren Dünste sich wie Schleier über alles um sie herum legten. Alle Frauen waren verhüllt und die Figur blieb unkenntlich, aber manchmal wurde Rinuccio wunderschöner tiefgründiger Augen ansichtig. Ob dahinter abweisende hochfahrende Kühle wohnte? Von den wehrhaften Zinnen der Zitadelle aus, errichtet von Saladin mit Quadern aus Pyramiden, schaute Rinuccio auf Kairo mit seinem Gewusel, seinen flachen Dächern mit aufgehängter Wäsche – ein Akrobat hätte wohl über sie durch die ganze Stadt spazieren können, ohne den Boden zu berühren –, seinen vergoldeten Kuppeln, seinen versteckten Gärten und dem gemächlich dahinströmenden funkelnden Nil. Bei guter Sicht erblickte er in der flirrenden Libyschen Wüste auch die Spitzen von Pyramiden.

Dann der quirlige vielstimmige Basar in überdachten Passagen. Jedes Gewerbe, von welchen es dort viele gab, mit einem eigenen Quartier: Juweliere, Korbflechter, Kesselschmiede, Schreiner, Schuhmacher, Teppiche, Färber, Seiler, Gewürze. Der Geruch von neuem Leder, frischer Minze und würzigem Grillfleisch. Farbenpracht. Der Singsang des Morgenlandes. Handwerkskunst, vor aller Augen zelebriert. Teppiche wurden selbst geknüpft, Messingschalen fein ziseliert, Wolle in leuchtenden Farben gefärbt, niedrige Tische gedrechselt, heimtückische Dolche in kleinen Schmelzöfen geschmiedet. Die Preise: ein unergründliches Rätsel. Beim Feilschen kam Rinuccio wieder seine vorgetäuschte Sprachlosigkeit zugute. Alle Beredsamkeit perlte an ihm ab, ausholende Gesten verstand er absichtsvoll falsch. Beim Deuten auf seinen Geldbeutel verschränkte er die Hände schützend vor seinem Schritt. Aber wenn sich Händler beratschlagten, verstand er sie. Und wer wollte ihm als Kaufmann etwas über den Wert von Waren vorflunkern? Seine Recheneinheit war der Preis, den er abzüglich aller Kosten in Florenz erzielen würde, und den kannte er genau. Mit den Händen und hingekritzelten Zahlen oder Strichen rechnen kann auch jeder Kaufmann. Wozu braucht er Worte?

Solchergestalt gingen seine Geschäfte trefflich vonstatten. Fürwahr, man glaubte, ihn als tumben Fremden leicht übertölpeln zu können und wurde dabei doch selbst gehörig über den Löffel balbiert. Nur eines verdross Rinuccio in zunehmendem Maße: Dass ihm, wiewohl in der vollen Blüte seiner Jugend und ausgestattet mit allen Attributen ansehnlicher Männlichkeit, die Erfüllung gewisser, ganz herkömmlicher und seinem Alter entsprechender Bedürfnisse versagt blieb. Ob seiner Religion und der Missachtung dortiger Sitten von einem mordlüsternen Pöbelhaufen durch die engen Gassen Kairos gejagt zu werden, wäre seinen Geschäften wie seinem Wohlbefinden abträglich gewesen. Augenzwinkernd bedeutete ihm Aldobrando, dem Rinuccio die Unbilden seiner Liebespein eröffnete, dass es in einem anrüchigen Amüsierviertel am Nil gegen Bezahlung vertrauten Umgang gebe. Er erbot sich, ihm dabei hilfreichen Beistand zu leisten. Aber in solche Niederungen wollte sich Rinuccio erst begeben, wenn der Druck unerträglich geworden wäre. Dafür bezahlen zu müssen, vertrug sich nicht mit seinem Selbstbild. In schlaflosen Nächten besann er sich Auswegen aus seinem Ungemach und wurde darob über die Maßen trübsinnig. Fantasien, in die er verfiel, trieben ihn auf das lebhafteste um. In seinem Ungestüm bedachte er Mittel und Wege zur Abhilfe, aber so sehr er auch sein Gehirn zermarterte, kam ihm doch nichts Rechtes in den Sinn.

Da traf es sich, dass der Großwesir ihn und die wenigen anderen der Ausländer-Kolonie in Kairo einlud, sich zu einer pompösen Hochzeitsfeier in seinem Palast einzufinden, die sich nach orientalischem Brauch über mehrere Tage hinziehen sollte. Wer wollte, konnte auch noch länger bleiben. Der Vermählung seiner jüngsten Tochter, die so war „wie das Felsquellwasser, das den müden Beduinen labt und die Sterne am Firmament, die dem Seefahrer den Weg zu seinem sicheren Hafen weisen", jedenfalls den Worten des Hofpoeten zufolge, eines offenbar sehr empfindsamen Gemüts, mit vielen Schnörkeln geschrieben auf teurem Pergament. Mit ähnlichen Zuschreibungen, das wusste Rinuccio aus Erfahrung, wurden in Florenz aber auch dem Auge wenig wohlgefällige Herrschertöchter bedacht, die allein ihre Mitgift begehrenswert machte. [*lautes Gelächter der Zuhörer*] Man würde sehen. Durch Spottlieder, gesungen von Witzbolden im Basar, war Rinuccio überdies zu Ohren gekommen, dass die Spannkraft und Wirkmächtigkeit des Wesirs im Frauendienst durch sein weit fortgeschrittenes Alter drastisch nachgelassen habe, was die Besuche in seinem Harem für alle Beteiligten zunehmend unerquicklich mache und ihm Veranlassung gebe, sich dieser Bürde immer häufiger durch eine vorgetäuschte

Migräne zu entziehen. „Dem Manne kann geholfen werden", sagte sich Rinuccio.

Ihm gefiel es, sich in den Palast des Wesirs zu bescheiden, der wegen seiner Freizügigkeit und Prunksucht mit jedem Kardinal verglichen werden durfte. Der Wesir hatte nicht zu viel versprochen, als er in seiner Einladung in gedrechselten Worten ein opulentes Festessen und das auch noch mehrmals an jedem Tag in Aussicht stellte. Was für ein glücklicher Einfall von ihm war es gewesen, den mehreren Hundert geladenen Gäste nach der drückenden Backofenhitze des Tages das Abendmahl im weitläufigen Garten seines Palastes zu kredenzen, der einen herrlichen Ausblick auf den majestätischen Nil bot, welcher sich, wie es Rinuccio deuchte, zu dieser späten Stunde wie geschmolzenes Teer, in dem Sterne sich spiegelten, seinen Weg bahnte. Plätschernde Springbrunnen und Sklaven, die breite Fächer schwenkten, sorgten für erquickende Kühle. Die Gäste ließen sich auf prachtvolle brokatene und samtene Sitzkissen nieder. Köstlich mundende Speisen wurden aufgetragen und mit den Händen eingerollt in Fladenbrot verzehrt. Der Klang von Zimbeln, Tamburinen und Trommeln, sehr fremd in Rinuccios Ohren, erfüllte die Luft. Sich an den Händen oder Schultern haltend stampften Tanzende im Kreis in immer schnellerem und ekstatischerem Rhythmus, Männer und Frauen in getrennten Gruppen. Fackeln beleuchteten die Szenerie. Als Rinuccio auf einem Puff seinen Sitz einnehmen wollte, erwies sich dieser als, wiewohl zahnloser, indes wild fauchender Tiger, sehr zum weidlichen Ergötzen der Betrachter dieser Begebenheit. Schalknasen gab es also auch dort.

Sehr rasch wurde allen Gästen einsichtig, dass es jeglichen Sinns entbehrte, an Rinuccio ein arabisches Wort zu richten. Sie bestaunten ihn wie einen exotischen Vogel und schienen sich zu fragen, ob er zu Allahs menschlichen Geschöpfen zählte. Um das deutlich spürbare allgemeine Unverständnis und Unbehagen ob seiner Anwesenheit zu brechen, ließ sich Rinuccio mit

Gesten ein Musikinstrument reichen, Oud genannt, einer Laute ähnlich. Von Neugierde erfasst bildete sich sogleich eine Menschentraube um ihn herum. Rinuccio entlockte den Saiten einige gequälte Misstöne zur Erheiterung der Umstehenden. Sein hoch entwickelter musikalischer Sinn ließ ihn jedoch sogleich mit der Machart des Instruments vertraut werden. Mit seiner wohlgefälligen, volltönenden Stimme sang er Florentiner Lieder, manche schmachtvoll und die Zuhörer anrührend, denn die Sprache der Musik ist ja universell und wozu braucht sie verständliche Worte? Andere wiederum klangen fröhlich und zum Tanzen einladend, einer Aufforderung, der sein Publikum gerne Folge leistete, wiewohl nicht auf höfische oder volkstümliche Florentiner Art. Auch Rinuccio stürzte sich in das Gewühl der Tanzenden und vermittelte ihnen dabei sogar die Schrittfolge einer Tarantella, eines Reigens, die sie zunächst ungelenk, aber dann immer gewandter ausführten. Nur eines vermied er dabei tunlichst: Mit Frauen zu tanzen. Hatte ihn doch der Kontorist höchst eindringlich vor den überspitzten Ehrbegriffen der leicht reizbaren Männer aus Kairo gewarnt, auch wenn manche Schleier mehr zu verheißen als zu verhüllen schienen.

Ein beflissener Diener führte Rinuccio vorbei an blubbernden Wasserpfeifen und durch Laubengänge zu einem kryptaähnlichen Gewölbe mit Spitzbögen, in dem Wein ausgeschenkt und ihm offenbar auch übermäßig zugesprochen wurde. Auch der Geruch von Haschisch, Rinuccio nicht gänzlich unbekannt, hing in der Luft. Die Ohren gespitzt, gesellte sich Rinuccio zu einer Gruppe junger Männer, deren ausschweifende Fantasien um den Harem des Wesirs kreisten, mit Worten, die hier wiederzugeben die Sittsamkeit verbietet, die Ihr Euch indessen wohl in etwa vorzustellen vermögt. Aber, meinten sie resigniert, noch nie sei es einem zeugungsfähigen Mann gelungen, ein Schlupfloch in der hohen Mauer zu finden, die den Harem umgibt. Das ließ Rinuccios Mut sinken. Aber ein Florentiner wäre kein Florentiner, wenn er deswegen von seinem Unterfangen abgelassen hätte. Im Gegenteil, gerade dessen scheinbare Unmöglichkeit und die Gefahr, zumindest entmannt zu werden, erhöhten für Rinuccio in seinem jugendlichen Überschwang noch den Reiz und bestärkten ihn in seinem Vorsatz, so wie einem Jäger ein Wild umso besser mundet, wenn er es nach einer langen Pirsch und unter großen Mühen erlegt hat.

Noch vieles mehr gäbe es über jene höchst vergnügliche und kurzweilige Nacht zu berichten, in der Rinuccio zuhauf neue Freunde gewann, trotz oder wohl eher wegen der scheinbaren Unmöglichkeit, sich mit ihm zu verständigen. Enthob dies doch alle von der Verpflichtung, gepflegt mit ihm konversieren zu müssen, und auch jedwede Versuche, ihn zum wahren Glauben zu bekehren, konnten als von vornherein aussichtslos unterbleiben. Und da ihnen überdies in der Moschee vom sittenlosen ausschweifenden Lebenswandel der Morgenländer berichtet worden war, wenn auch ohne ausschmückende Details, vermeinten alle, sich in Rinuccios Beisein ganz ungezwungen geben zu können. So enthüllten sie ihm auch Geheimnisse, die für verständige Ohren nicht bestimmt waren. Nicht, dass Rinuccio gedachte, sein neu erworbenes Wissen zu verwenden. Aber niemand weiß ja, was die Zukunft bringt und mit welchem Ass im Ärmel man vielleicht noch einmal einen Stich machen kann.

Ein höchlich ausgelassenes, Trübsal Einhalt gebietendes Fest. Im Grunde war es nicht viel anders als in Florenz in einer lauschigen Sommernacht mit Blick auf den Arno. „Soll auch die Art der Menschen hier trotz aller auf Schritt und Tritt unübersehbaren Unterschiede, auf ihren Kern reduziert, die gleiche sein?", sinnierte Rinuccio. Dafür sprach ja, dass sich die menschlichen Grundempfindungen auf wohl keine zehn immer gleichen zurückführen ließen. Dann würden ihn in hoffentlich naher Zukunft dortselbst die nächsten Festschmause, aber ganz anderer Art, erwarten.

Schon früh am nächsten Morgen stand er auf, um unbeobachtet von argwöhnischen Augen das Terrain erkunden zu können.

Er baute darauf, dass die Völlerei am Abend davor alle bis Mittag in ihren Betten hielt und sah sich in dieser Annahme bestätigt. Rinuccio fand sich wie in einer Oase über dem quirligen und lehmigen Kairo, die Stille atmete. Die Luft war frisch und erst von der Ahnung der betäubenden Mittagshitze erfüllt, die sie erwarten würde. Taufeuchtes Gras benetzte Rinuccios Füße, er hatte sich die Schuhe ausgezogen, um den Garten mit allen Sinnen wahrnehmen zu können. Noch wehte ihm eine erfrischende Brise zu. Das geschäftige Kairo schien erst langsam zu erwachen und noch schlaftrunken zu sein. In der Ferne hörte Rinuccio, wie Rollläden hochgezogen wurden und frühe Hähne krähten. Muezzins mahnten die Gläubigen zum Frühgebet, aber im Palast schenkte ihnen noch niemand Gehör. Kolibris flatterten, Hornissen labten sich an der üppigen Blumenpracht, bunte Zierfische flitzten in Wasserläufen, kiesbedeckte Pfade verzweigten sich in schattigen Laubengängen, Pavillons, reich verziert mit Ornamenten, luden zum Verweilen ein, der Nil rekelte sich in den ersten Strahlen der aufgehenden Sonne, betupft von den weißen, trapezförmigen Segeln von Daus, kleinen Lastkähnen. Springbrunnen und künstliche Wasserfälle sollten wohl andeuten, was die Gläubigen im Paradies erwarten würde, aber Rinuccio lebte ja jetzt. Seine Seele empfahl er gerne Gott, aber um seinen Leib sollten sich einstweilen andere kümmern und nicht nur er ganz allein. In einem rückwärtigen Teil des weitläufigen Areals stieß Rinuccio auf eine hohe Mauer, von der er zu Recht mutmaßte, dass sie den Harem umschloss. Er ging um sie herum, darauf bedacht, wie ein gedankenverlorener Müßiggänger zu wirken. Erst als er seine Suche schon aufgeben wollte, fand er, durch ein dichtes Gebüsch ganz den Blicken entzogen, eine kleine, eisenbeschlagene Pforte, an der er vergebens rüttelte. Einen weiteren Einlass gab es wohl nur vom Palast aus.

Der Schmelz in Rinuccios Stimme, mit dem er seine Lieder vorgetragen hatte, deren Texte sie, was sie ja auch meist waren, eingedenk ihrer Erfahrungen mit heimischem Liedgut für reichlich platt erachteten und daher auch gar nicht verstehen mussten, nahmen den Wesir und die Wesirin, eine höchst vortreffliche Frau und mit allen Tugenden geschmückt, für Rinuccio ein. Auch sein anziehendes Wesen und sein offenkundig vornehmes Geblüt machten sie ihm ausnehmend geneigt. Als Rinuccio mit Hilfe des Übersetzers, innerlich musste er darob schmunzeln, bescheiden und unter Verbeugungen das Begehr vorbrachte, bisweilen im Garten des Palastes lustwandeln zu dürfen, schmeichelte dies dem Wesir wegen des Entzückens, dem Rinuccio dabei über den Garten mit strahlendem Gesicht Ausdruck verlieh. Der Wesir brauchte sich ja auch nicht zu besorgen, dort von Rinuccio mit aufdringlichem Geschwätz behelligt zu werden. Gerne wurde Rinuccio daher unter seinen ehrerbietigst bezeugten Danksagungen sein Wunsch bewilligt und die Wachleute dahingehend angewiesen. Ob er dort auch bisweilen die Laute anschlagen dürfe, erkundigte sich Rinuccio katzbuckelnd. „Nichts lieber als das, Ihr bereichert damit unseren Garten mit einem neuen Farbtupfer", geruhte ihm der Wesir durch seinen Übersetzer wissen zu lassen, einen Italiener, der schon als Junge von arabischen Seeräubern entführt wurde. Rinuccio bekannte sich dafür als seinen Schuldner und unterwürfigsten Diener und gelobte, dem Wesir seine Huld zu vergelten, mit allem, was ihm zu Gebote stehe. So stolzierte er dann des Öfteren durch den Park wie ein Pfau, der die üppige Blumenpracht noch verstärkte, an dessen Anblick sich indes alle gewöhnt haben. Das kam seinen Plänen sehr entgegen. Aber noch sah er sich von deren Erfüllung weit entfernt.

Für seine noch nicht von Erfolg gekrönten Eroberungszüge gutdünkte es Rinuccio, um nicht einen Müßiggänger gescholten zu werden, sich vornehmlich die frühen Morgenstunden auszuwählen, in denen im Palast noch alle in tiefen Schlaf versunken waren – bis auf die, die keinen Schlaf finden konnten, weil sie nach Liebe schmachteten, die man ihnen vorenthielt. Nicht zu nachtschlafender Zeit, sondern später, wie um allen das Aufwachen zu versüßen, geruhte er, mit seiner Laute gefühlvolle Florentiner

Lieder anzustimmen. Als allegorische Liebe zu Gott konnten sie kaum durchgehen. Wenn er dies in der Nähe des Harems tat, wurde ihm von dort das eine oder andere Mal mit Klatschen und Beifallsrufen geantwortet, aber nie bekam er jemanden zu Gesicht. Er hörte das Plätschern von Badenden und stellte sie sich unbekleidet vor. Seine ohnehin schon überhitzte Fantasie feuerte dies, wie Ihr Euch unschwer vorzustellen vermögt, noch weiter an.

Aber wie sollte er es anstellen? Sich in den Palast einschleichen? Dort jemandes Vertrauen gewinnen? Mit Bestechung lief ja sehr vieles, aber das? Gewiss nicht. Mehr und mehr musste sich Rinuccio die Undurchführbarkeit seines Vorhabens eingestehen.

Als er eines frühen Morgens, nur um nichts unversucht zu lassen, sich abermals erkühnte, am Pförtchen zu rütteln, fand er es unversehens offen. Bis dahin war alles nur eine Gedankenspielerei gewesen, ein reines Fantasiekonstrukt, wie es deren so viele gibt. Aber jetzt schreckte Rinuccio vor seinem eigenen Mut zurück, eingedenk der Lebensgefahr, in der er schwebte. Er schalt sich selbst wegen seines Kleinmuts, aber seine Haut nicht aufs Spiel zu setzen, schien ihm auf einmal viel vordringlicher. Sollte er die Stimme der Vernunft überhören und sich zu einem Schritt hinreißen lassen, der ihm leicht zur Unehre gereichen könnte? Könnte er nicht anderswo gefahrlos die Erfüllung seiner Begierden erheischen? Im Begriff, sich schon zum Weggehen umzuwenden, wurde ihm das Türchen von innen geöffnet – von einer Haremsdame, so holdselig, wie man Madonnen malen sollte. Unsere Meister machen sich anheischig, mag sein, dass sie dieses Bild in nicht allzu ferner Zukunft wiedergeben können. Mit einem Antlitz wie zum Beweis in einem theologischen Disput über die Existenz von Engeln. Vergleichbar nur mit dem Eurigen, liebreizende Gebieterinnen in dieser unserer Runde [*laute Zwischenrufe. „Was für ein plumper Schmeichler!" von den Edeldamen, „Er sagt die reine und lautere Wahrheit!" von ihren Vasallen*]. Mit herrlichem Wuchs, tiefgründigen grünen Augen, seidenem Haar, fein geschwungenen Wimpern und jenem pfirsichfarbenen Teint, der des Sängers Stimme heiser werden lässt. Nirgendwo im Straßenbild von Kairo, auch nicht auf privaten Empfängen oder bildlichen Darstellungen, die man dort übrigens vergebens suchte, gab es ja einen Halsausschnitt zu sehen, schon gar keinen so verheißungsvollen. Nun war Rinuccio in einem schier unauflöslichen Dilemma verstrickt. Die Schwelle zu überschreiten, hätte seinen Kopf kosten können. Aber bietet sich nicht dem Wanderer ein umso herrlicherer Ausblick, je mühseliger und gefahrvoller der Anstieg war? Haftet nicht leicht errungener Lust etwas Schales und Flüchtiges an? Erreicht sie nicht erst das Höchstmaß ihrer Süße, wenn sie durch Wagemut verklärt wird? Schmecken verbotene Früchte nicht am allerbesten? Einer Frau sein Herz anbieten kann doch jeder, aber auch im wahrsten Sinne des Wortes seinen Kopf und seine Hoden? Und wurde nicht in ihm ein Drang übermächtig, den zu beschreiben Euch holde Damen zum Erröten brächte oder auch nicht? [wieherndes Gelächter der geselligen Runde]

Aber mit der männlichen Entscheidungsfreiheit ist es bisweilen nicht weit her. Sie beendete sehr schnell Rinuccios Grübeleien, indem sie ihn, der nicht wusste, wie ihm geschah, an der Hand nahm und durch zugewachsene Laubengänge zu einer künstlichen Grotte mit einem kleinen Wasserfall führte, offenbar als Liebesnest angelegt. Als Rinuccio dort wieder sein „Nix verstehen" in krudem Arabisch hervorbrachte, erwiderte ihm die Haremsdame: „Lass den Stuss!" In unverkennbar toskanischer Mundart, wenn auch nicht der von Florenz. Vielleicht Siena oder Arezzo? Rinuccio war sich dessen unschlüssig. Jedenfalls war dies das Letzte, was er an diesem Ort zu hören erwartete. Nachdem sich sein maßloses Erstaunen etwas gelegt hatte, er wähnte sich in einem Traum der ganz und gar unwirklichen Art, schaute er noch ängstlicher um sich, als würde sogleich sein Scharfrichter um die Ecke biegen.

Aber sie beruhigte ihn: „Sei unbesorgt! Der Wesir ist auf einer Reise zu seinen Untertanen und wird vor morgen Abend nicht zurück sein. Auch hat seine Manneskraft zu unser aller Erleichterung beträchtlich nachgelassen, er lässt sich hier kaum noch blicken. Aber eifersüchtig, wie er immer noch ist, duldet er keine Wächter und Spitzel um uns herum. Nur einen Eunuchen, der aber wie ein Bruder für uns ist, wohl nicht zuletzt, weil er uns keine lüsternen Blicke zuwirft, auch wenn wir unbekleidet sind. Eine von uns würde er niemals verraten. Und wir Frauen sind Leidensgenossinnen. Nicht ich, aber andere haben hier auch Männer empfangen. Mit Hilfe des Eunuchen konnten wir uns ja Nachschlüssel machen lassen. Andere von uns bedienen sich in den Schatztruhen des Wesirs. Täuschend echte Imitate von Edelsteinen lassen sich ja auf dem Basar leicht finden. Wir kennen unsere Geheimnisse, wenn man Jahre auf so engem Raum und abgeschottet von der Umwelt zusammenlebt, bleibt das ja nicht aus. Das gibt uns die Gewissheit, dass keine ein Geheimnis einer anderen preisgibt. Sie wissen übrigens auch von unserer Zusammenkunft und werden uns mit dem täuschend nachgeahmten Piepslaut eines Vogels warnen, wenn Gefahr droht."

Dann erzählte Tiziana, denn so hieß sie, ihm ihre Geschichte. Als sehr junge Frau, kaum dem Mädchenalter entwachsen, wurde das Boot, auf dem sie sie sich auf einer natürlich nicht von ihr veranstalteten Vergnügungsfahrt vor der Maremma, unserer lieblichen toskanischen Küste, befand, von sarazenischen Piraten gekapert. Nach einem kurzen Kampf, bei dem neben anderen auch ihr damaliger Galan, Jahre älter als sie und auch schon verheiratet, was sie aber in ihrem jugendlichen Übermut nicht verstörte, sein Leben aushauchte. Nur der Annahme der Piraten, dass sie noch Jungfrau war, das entsprach aber gar nicht der Wahrheit, was sie jedoch geflissentlich verschwieg, verdankte sie es, nicht geschändet zu werden. Denn so erwarteten die Seeräuber, für sie auf einem Sklavenmarkt einen um vieles höheren Preis als den gewöhnlichen erzielen zu können. Gleichwohl entbrannte nach Tagen auf hoher See auf dem kleinen Schiff aus aufgestauter, unzähmbarer Wollust ein erbarmungsloser Kampf um sie, der nur wenige Schwerverletzte auf den Planken zurückließ, die ihr aber in deren Zustand nicht mehr gefährlich werden konnten. Dennoch kettete sie sie an, flößte ihnen Wasser ein und verband Wunden, so gut ihr dies möglich war. Das Schiff musste sodann irgendwohin gelenkt werden. Sich nach dem Stand der Sonne zu orientieren, war für sie nicht schwer. Das Ruder leicht nach links oder rechts zu drehen und dabei die Fahrtrichtung zu ändern, ging auch. Aber eine Kehrtwende, um Kurs zurück nach Italien einzuschlagen, ließen ihre Kräfte und die vorherrschende Windrichtung, immer gen Osten, nicht zu. Nun wusste sie aber, dass es in der Levante ein dichtes Netz von venezianischen und genuesischen Besitzungen, auch griechische Gewässer, gab und sie hoffte, irgendwo dort an Land gehen zu können. Die Stadt, die sie dann in der Ferne erblickte, erwies sich aber als Alexandria und eine Umkehr war nicht möglich. Die Kunde von ihrer Gefangennahme wurde dem Statthalter des Kalifen zugetragen. Der Augenschein, er ließ Tiziana zu sich bringen, überzeugte ihn sogleich vom Wert des Schatzes, den eine Fügung des Schicksals in seine Hände gespielt hatte, und in der Hoffnung auf reichen Lohn wollte er dem Wesir gefällig sein. So kam Tiziana in dessen Harem. Ihr freier Wille zählte dort nichts. Aber so oft man ihn auch brach, sie gab ihn nicht auf. Häufig kam ihr der Gedanke, Hand an sich zu legen, musste ihr dies doch ihre einzige Fluchtmöglichkeit erscheinen. Jedoch war ihr Überlebenswille stärker. „Aber", schloss sie ihre Rede, „der Worte sind jetzt genug gewechselt, lass uns zur Tat schreiten!" So gestand sie ihm ihren völligen Besitz zu, der Rinuccio sich selig preisen ließ.

Fortan hatte Rinuccio, in dem die Minneflammen lichterloh brannten, eine höchst beglückende Zeit, in der er in tausend Liebeswonnen schwelgte. Aber welches Lied soll ich Euch, angebetete Damen, ritterliche Herren, darob singen, die Ihr die Glückseligkeit der Liebe kennt? Nur bei Rinuccio getrübt durch die Gefahr einer Entdeckung, aber auch erhoben von dem Gedanken, dieses hohe Risiko, seiner Enthauptung hätte er sich gewiss sein können, für seine Dame einzugehen. Nachdem sie immer vertrauter miteinander geworden waren, nicht nur mit ihren Körpern, die waren flugs erkundet, auch wenn es immer wieder etwas Neues zu entdecken gab, sondern auch herzinniglich, erzählte ihm Tiziana eines Tages: „Er hat mich geschwängert, zweimal. Aber gleich nach meinen Niederkünften wurden mir die Kinder weggenommen und zu Adoptiveltern gegeben. So erging es allen von uns. Wir sollten nur dem Wesir dienen und niemandem sonst. Meine Kinder sah ich nie wieder. Dies ist wohl auch besser für ihren Gemütsfrieden. Ich glaube und hoffe inständig, dass es ihnen gut geht. Dem Wesir schmeichelt es ja, wenn im Basar von seiner Manneskraft gemunkelt wird. Viele Kinder in die Welt zu setzen, gehört geradezu zu seinen Amtspflichten, wie den Schein seiner Großzügigkeit zu wahren. Väterliche Gefühle kann ich ihm nicht absprechen, ich kenne doch seine Vernarrtheit in seine ehelichen wie unehelichen Abkömmlinge." Als sie an dieser Stelle weinte und bibberte, nahm Rinuccio sie ganz fest in seine Arme. Nachdem sie sich nach einer längeren Weile wieder gefangen hatte, fuhr sie fort: „Mir sind nur zwei Wünsche geblieben. Den ersten hast du mir erfüllt: Lieben und geliebt zu werden. Denn wie hätte ich jemals den Wesir lieben können, der mir immer nur Gewalt antat. Die Erfüllung des zweiten Wunsches ist ganz unmöglich: Mit dir nach Italien zu fliehen. Überall am Hafen hat der Wesir seine Spione und Zuträger, die Kapitäne zittern vor ihm, und der Landweg ist uns abgeschnitten, alsbald würde man uns als Ausländer erkennen und mit denen machen die Beduinen kurzen Prozess, für mich würden sie sich aber eine noch unendlich längere Qual aufheben." Ihre Worte hallten in der Grotte nach wie der traurige Ton eines Instruments.

Manches ging Rinuccio dabei durch den Kopf. Dass der Wesir sich gewiss schon hunderte Male „zu ihr gelegt" hatte, störte ihn nicht im Geringsten. Denn so sehr er auch in sie eingedrungen war, nie war er auch nur in die Nähe ihres Herzens gekommen. Dass sie ihn liebte und er sie, dessen war er sich ohne jeden Zweifel gewiss. Bei allem kühl berechnenden Kaufmannssinn und bei aller Wollust hatte er sich seinen Edelmut bewahrt. Selbst wenn sie ihn nur als Mittel zum Zweck sehen sollte, um ihrem Kerker zu entrinnen, konnte er sie zurücklassen? Niemand würde ihr helfen, wenn nicht er.

„Nichts werde ich unversucht lassen, um dich hier herauszuholen", sagte er ihr, „was ich tun kann, werde ich tun."

Am nächsten Tag fragte er Aldobrando – nachdem er das Gespräch zunächst auf Unverfängliches gelenkt hatte – wie beiläufig, als sei ihm dieser Gedanke gerade eben gekommen, was man so alles, ohne dass der Wesir es wissen müsse, aus Ägypten herausbringen könne, vielleicht auch Frauen? Der Kontorist, der Rinuccios Hintergedanken sogleich erriet, antwortete ihm lachend: „Herr, fragt Ihr mich ernsthaft, ob hier geschmuggelt wird und ob ich etwas darüber weiß? Ich selbst tue es seit meiner Ankunft hier ohne Unterlass. Hat man in Florenz jemals nach Zollerklärungen oder Ausfuhrbescheinigungen gefragt, für meine Ladungen wie für Eure Frachten? Nicht zu meinem Vergnügen verkehre ich in Kairo in Kreisen, zu denen Ihr keinen Zugang fändet oder erst nach langen Jahren, sondern um den Reichtum Eures Hauses zu mehren. Dass ich dabei, wie Ihr natürlich bemerkt habt, lasst uns nicht um den heißen Brei herumreden, auch manches für mich abzwacke, macht mich nicht unredlich. Denn ich habe Schmiergelder zu zahlen und wie könnte ich die verbuchen? Und sollte nicht auch etwas für mich hängen bleiben, wo ich hier für Florenz meinen müde gewordenen Hintern hinhalte?" Rinuccio nickte zu alldem beipflichtend und reichte Aldobrando die Hand. Dieser fuhr mit einem verständnisinnigen Lächeln fort: „Es geht um Eure Herzensdame, nicht wahr? Euer Erröten und Eure heiser gewordene Stimme verraten Euch, so ist die Jugend."

Rinuccio beschloss, Aldobrando, zu dem er vollstes Zutrauen gefasst hatte, in alles getreulich einzuweihen. Nachdem er geendet hatte, pfiff der Kontorist leise durch die Zähne. „Eine

Haremsdame also", sagte er nach einer Weile, „das erhöht nicht unbedingt den Preis, denn niemand auf dem Schiff soll ja wissen, wer sie ist. Jedoch ungemein die Gefahr, in der wir schweben. Für einen ganz gewöhnlichen Schmuggel könnten wir uns freikaufen, über den Betrag ließe sich feilschen. Man schlachtet ja nicht die Gans, die goldene Eier legt und wenn höhere Kreise bedacht werden, schauen sie weg. Aber den Wesir mit Hörnern schmücken, dafür würden unsere Köpfe rollen, wenn man uns auf die Schliche käme, und wir müssten hoffen, dass es schnell geht. Aber Euch davon abbringen zu wollen, wäre wohl vergebens, so gut kenne ich Euch mittlerweile."

Längere Zeit grübelte er, als würde er schwere Gedanken hin und her wälzen. Dann fuhr er fort: „Der Wesir ist ja nicht dumm. Wenn Ihr beide zur gleichen Zeit verschwindet, kann er eins und eins zusammenzählen. Dann wird sich seine ganze Wut gegen das Kontor richten. Und gegen meinen müden alten Hintern", lächelte er resigniert. „Man müsste es sehr schlau anstellen. Zunächst an den Wächtern vorbeikommen. Gut, dass der Wesir in seiner Eifersucht und weil die Tradition es so gebietet, nie jemanden einen Blick auf seine Haremsdamen werfen ließ. Als solche würde daher nur er sie erkennen, und er kann ja nicht überall sein. Sie ist ja auch außerhalb des Harems vollverschleiert und dass Frauen zu schweigen haben, ja, so ist das nun mal in seinem Palast. Wir sollten uns das Menschengewühl eines Festes zunutze machen, die veranstaltet er oft und gerne. Eine Frau in vornehmer Begleitung wird beim Verlassen des Palastes nie kontrolliert, das wäre eine grobe Unhöflichkeit. Im Ernstfall können wir gewiss auch mit der Bestechlichkeit der Wächter rechnen, sie werden ja nicht wissen, wen sie vor sich haben und können sich eine solche nie dagewesene Tollkühnheit nicht einmal vorstellen. Ihr seht", sagte er mit einem leisen Lächeln, „auch als Kuppler für Paare aus dem Umkreis des Palastes und für verschwiegene Stelldicheins kann ich auf einen reichen Erfahrungsschatz zurückblicken. Zwischen ihrer Flucht und Eurer Abreise müssten dann wenigstens einige Monate verstreichen, in denen Ihr weiter ab und an im Garten des Palastes lustwandelt, um keinen naheliegenden Verdacht zu erwecken, es sei denn, Ihr wollt unseren Handelsstützpunkt aufgeben. Schauspieltalent wird Euch dabei abverlangt werden, aber das habt Ihr hier ja", schmunzelte er, „auf beste florentinische Art jeden Tag unter Beweis gestellt. Und man sollte ihr eine Liebesgeschichte andichten, mit einem Araber oder Ausländer, nur nicht mit einem Italiener. Vielleicht mit gefälschten Liebesbriefen, die man nach ihrem Verschwinden findet, einem Pappkameraden, der hier und da von seiner Liebe zu einer Haremsdame schwärmt, kryptischen Bemerkungen von ihr zu anderen im Harem, die erst nach ihrem Untertauchen einen Sinn ergeben, solche Sachen. Stattet mich mit ausreichend Geld aus, denn wenn ich den begründeten Verdacht hegen sollte oder mir zugetragen wird – ich habe ja meine Spitzel hier und da –, dass es brenzlig wird, müsste ich sogleich unsere Koffer packen. Fluchtrouten und Verstecke kenne ich zur Genüge. Ihr werdet es gewisslich auch nicht daran fehlen lassen, Euch für mein Wagnis erkenntlich zu zeigen. Gewährt mir einen Aufschub von einigen Tagen, um alles gründlich zu durchdenken und zu planen!"

„Warum", fragte ihn Rinuccio, „kommt Ihr zu Eurer Sicherheit nicht mit uns? In Florenz würde Euch fürstlicher Lohn erwarten, selbstredend auch hier. Euer Stellvertreter scheint mir mit allen Wassern gewaschen und Euch und uns sehr ergeben zu sein."

„Ja", seufzte der Kontorist, „das ist er ganz gewiss. Ich kenne ihn seit langen Jahren und ohne Menschenkenntnis wäre ich hier untergegangen. Vor meinem Tod noch einmal mein geliebtes Florenz wiederzusehen, wäre so schön, auch wenn ich dort niemanden sonst mehr kenne. Aber es geht nicht. Nur ganz wenige, denen ich uneingeschränkt vertrauen kann, und jetzt auch Ihr, wissen, dass ich hier eine Frau und zwei Kinder habe. Sie entstammt auch höfischen Kreisen. Seitdem wir uns unsere Liebe gestanden und uns, nicht vor den Menschen, aber vor einer höheren Instanz, vermählten, schweben wir in größter Gefahr, die uns immer zwang, enorme Umsicht obwalten zu lassen. Daher auch meine Bereitwilligkeit, Euch zu helfen. Ich kenne Eure Lage nur allzu gut. Ohne jemandes Anblick weder leben können noch wollen, ja, ich weiß selbst, wie es ist. Den Meinigen habe ich einiges aufgebaut, dafür habe ich gelebt und gearbeitet. Zu ihrem Schutz und Besten habe ich meinen Kindern kein Italienisch beigebracht und sie auch nicht im christlichen Glauben unterwiesen. Was sollten sie in Florenz anfangen? Verlassen werde ich sie nicht." Lange umarmten sie sich schweigend.

„Nun, holde Damen und wackere Ritter", hob Filippo an, „habe ich Eure Geduld lange genug in Anspruch genommen [*lautstarker Widerspruch der Freunde*]. Lasst mich daher nunmehr zum Ende meiner Geschichte kommen, die, wie ich mich zu hoffen unterfange, Euch kurzweilig und erbaulich dünkte. Aber gewährt mir vorab noch eine Bitte. Aldobrando bot sich zu seiner eigenen Sicherheit von Rinuccio unbedingte Verschwiegenheit aus, die ich gewisslich bei Euch voraussetzen kann. Ein Ersuchen, das zu erfüllen auch für mich eine Ehrenpflicht ist, von der es keine Abstriche geben kann. Dergestalt, dass sein wahrer Name in der Novelle ungenannt bleiben wird, die ich nunmehr für die Nachwelt zu Papier zu bringen gedenke und an einem sicheren, verschlossenen Ort aufbewahren werde, wo sie wohl erst nach Generationen den Blicken eines scharfsinnigen Forschers nicht entgehen wird. Aber vernehmt jetzt in aller gebotenen Kürze den Schluss der Geschichte!"

Alles geschah so, wie es Aldobrando in der ihm eigenen Sorgfalt fein gewoben hatte. Anlässlich seines Abschieds, eines Höflichkeitsbesuchs, nahm die Wesirin Rinuccio beiseite und sagte zu ihm: „Erzählt mir nicht, dass Ihr kein Arabisch versteht, haltet mich nicht für dumm! Er hat durch Euch wenigstens etwas von dem bekommen, was er verdient. Lebt wohl!"

Bei ihrer Wiederbegegnung in Florenz umschlangen und herzten sich Tiziana und Rinuccio lange Zeit. Scherzhafte Zurufe von

Passanten, dass sie das doch in einem Hotel machen sollten, ließen sie unberührt. Nachdem das Allervordringlichste, zu dem es sie sturmvoll drängte, vollbracht war, sagte Rinuccio zu ihr: „Du bist jetzt frei und deine eigene Herrin. Du schuldest mir nichts." „Lass den Stuss!", antwortete sie ihm. „Nicht allein für das, was du für mich getan hast und was niemand sonst getan hätte, sondern weil du der bist, der du bist, werde ich dich immerdar lieben und immer die Deinige sein. Nichts wünsche ich mir sehnlicher, als dass du mich zu deiner Frau nimmst. Aber wenn nicht, vielleicht wegen des Standesunterschiedes, weil ich keinen Taler mein Eigen nennen kann oder weil es hier Schönere gibt" –, dabei lächelte sie schelmisch wie jemand, der bei einer faustdicken Lüge ertappt wurde –, „dann wohl ein Kloster, denn ich weiß ja zur Genüge, wie es ist, eingesperrt zu sein, ohne dass es ein Entrinnen zu geben scheint." „Jetzt lass du mal den Stuss!", erwiderte Rinuccio ihr, „ich begehre nur dich zur Frau und niemanden sonst. Wenn das meiner Familie nicht recht sein sollte, dann mögen sie mich verstoßen. Ich kann auf mein Erbe verzichten, aber nicht auf dich. Solange mir vergönnt sein möge, auf dieser Erde zu wandeln, wird dies so bleiben." Wie es danach weiterging, brauche ich Euch nicht zu erzählen, die Ihr die Wonnen der Liebe kennt und niemals Eure Herzensdame oder Euren Erwählten verlassen würdet, so Ihr denn reinen und edlen Herzens seid, und das seid Ihr ja zweifelsohne.

Von Zeit zu Zeit träumten mal Tiziana, mal Rinuccio von einem Professor aus einem offenbar weit entfernten Land, der ihnen versicherte, dass ihre Geschichte der Nachwelt erhalten bleiben und dem Vergessen entrissen wird, zu ihrer Ruhm und mit ihm, dem Professor als strahlendem Stern in der Gelehrtenwelt. [*„Ach, hätten wir doch auch einen solchen Gelehrten!", seufzte eine der ihm lauschenden Damen.*]

Einmal machten sich Tiziana und Rinuccio den Spaß, in Pisa, wo sie niemand kannte, als ägyptisches Ehegespons aufzutreten, das kein Wort Italienisch verstand. So übertölpelten sie die einfältigen Pisaner nach Strich und Faden. [*Bravorufe und hämisches Gelächter der Freunde*]. Und hiermit endet meine Geschichte, die Euch, so ich demütig erheische, gefällig und ergötzlich dünkte. Lasset uns nunmehr ungesäumt unsere Gläser zum Andenken an Tiziana und Rinuccio erheben!"

DER SATANISCHE BLATTSCHWANZGECKO

Für Klein-Samin, der mich auf die Idee zu dieser Geschichte brachte, weil er einen knuffigen satanischen Blattschwanzgecko aus Gummi besitzt, der unter lauwarmem bis leicht heißem Wasser sogar seine Farben verändert.

Den satanischen Blattschwanzgecko (*Uroplastus phantasticus*) gibt es wirklich. Wenn Sie mir nicht glauben, dann geben Sie doch einfach seinen Namen als Suchbegriff im Internet ein! Als Beweis könnte ich an dieser Stelle auch ein paar Aufnahmen von ihm beifügen. Aus dem Netz, nicht von mir angefertigte. Aber hier geht's ja um fantastische Literatur und daher soll sein Aussehen ganz Ihrer Fantasie überlassen bleiben.

Der satanische Blattschwanzgecko lebt auf Madagaskar. Seinen Namen verdankt er den spitzen Zacken über seinen roten Augen, die ihn wie einen kleinen Satan aussehen lassen und weil er sich so gut tarnen kann wie der Teufel, an dem wir oft achtlos vorbeigehen, weil wir ihn nicht wahrnehmen oder er uns in scheinbar ganz harmloser, sogar niedlicher Gestalt erscheint. Sein Körper hat die Form mehrerer aneinandergereihter Blätter, was ihm im Dschungel eine perfekte Tarnung verleiht. Es gibt ihn in ganz unterschiedlichen Farben, je nachdem, welche Gegend sein Lebensraum ist und welche Vegetation dort vorherrscht. Eine Anpassungsfähigkeit, die nicht einmal gewisse Büroangestellte besitzen. Ruhen tut er mit gesenktem Kopf. Kleinstlebewesen, von denen er sich ernährt, sehen daher seine rotfunkelnden dämonischen Augen erst dann, wenn es zu spät für sie ist.

Ich lernte ihn im Frankfurter Zoo kennen. Sicher hätte ich ihn nicht gesehen, ich wäre rasch zum nächsten Terrarium weitergegangen, wenn nicht ein ganz kleiner Junge seine Eltern und mich mit quiekenden Ausrufen der Freude auf ihn aufmerksam gemacht hätte.

Ich vertiefte mich in seine Betrachtung wie in einem Spiel, bei dem der verliert, der sich zuerst bewegt. Wie lange, kann ich nicht genau sagen, es mag eine Stunde oder auch mehr gewesen sein. Nur einmal unterbrochen von der besorgten Frage eines Wärters, ob ich Hilfe brauche, was ich verneinte. Sicherlich nur zum Scherz sagte mir der Wachmann noch, dass die Hauptfeinde des Geckos Feinkostläden und Sternelokale in Deutschland seien.

Keine Bewegung von ihm, nichts, nicht einmal ein leichtes Zittern. Dann durchbohrten mich auf einmal seine rotglühenden Augen mit einem Blick, der zu besagen schien: Dich kriege ich. Du kannst mir nicht entkommen. Aber dann fiel er wieder in seine Unbeweglichkeit und Lethargie zurück.

Seitdem haben meine Sinneswahrnehmungen eine Überschärfe und -reizbarkeit angenommen, die mich und andere mehr und mehr belasten. Dass die Evolution in Billionen von Jahren auch etliche andere Tiere mit der Gabe ausgestattet hat, sich gewissermaßen unsichtbar zu machen, ist allgemein bekannt. Aber nur in den Dschungeln Madagaskars, Borneos oder Amazoniens? Warum nicht auch hier in unserem privaten oder beruflichen Lebensumfeld? In der Maserung eines Schrankes oder Tisches, auf Teppichen, Sofas oder Häuserwänden? Meine Manie, die mich mit unwiderstehlichem Zwang befällt, laut über Sitzgelegenheiten zu klatschen, bevor ich mich auf ihnen niederlasse, mit dem Handbesen über alles Mögliche zu fahren oder Dinge anzustarren, befremdet, man macht sich Sorgen um meine geistige Gesundheit. Der Psychotherapeut gibt sich Mühe, er bekommt ja auch richtig gutes Geld dafür, aber bislang ohne sichtbaren Erfolg. Was soll nur aus mir werden? Und aus all den Unsichtbaren um uns herum, die sich erst zeigen, wenn es kein Entrinnen mehr für uns gibt?

Die vielschichtige Nacht

Mitten in der Nacht wachte ich auf. Vielleicht träumte ich aber auch nur, aufzuwachen, um gleich danach wieder in einen ganz anderen Traum zu versinken. Auch heute, wenn ich auf die Ereignisse jener Nacht zurückblicke, bin ich mir da alles andere als sicher, nicht einmal, dass ich es war, dem all dies widerfuhr oder zu widerfahren schien. Von meiner damaligen Abhängigkeit von Halluzinogenen befreite ich mich erst Jahre später, nachdem ich ein ganz tiefes Tal durchschritten hatte, aus dem die meisten anderen nie herausfinden. Jedenfalls zeigte mir der Wecker – in der Realität, in meinem Traum oder in dem eines anderen 0 Uhr 14 an. In dem, was wir Wirklichkeit nennen, hätte ich wohl versucht, noch ein paar Stunden Schlaf zu finden. Das lässt mich vermuten, dass ich in einem Traum war. Andererseits überkam mich aber auch bei früheren Gelegenheiten die Neigung zum ziellosen nächtlichen Umherstreifen, sogar mit einer Klarheit und raschen Auffassungsgabe, die ich tagsüber oft nicht einmal im Entferntesten hatte. Oder gaukelten mir, der ich in meinem Bett lag, die Drogen Fantasiegebilde vor? Auch noch mit jener Überschärfe und gesteigerten Empfänglichkeit für Sinneseindrücke, die dem Drogenrausch häufig eigen sind? Jedenfalls sehe ich noch heute genau vor mir, wie ich im Schein der Nachttischlampe, der allem ein unwirkliches Aussehen verlieh, in meine Kleider hineinschlüpfte, die vor dem Bett lagen.

Das Viertel kam mir wie eingeigelt vor, sein Schlaf weniger behütet als überwacht von den Lichthöfen der Straßenlaternen an den Kreuzungen unter einem kalten Mond. Kein erleuchtetes Fenster, kein nächtlicher Spätheimkehrer nach Beginn der Sperrstunde. Aber mich beschlich trotzdem das Gefühl, dass es andere Wesen gab, die in der Dunkelheit als Schemen umherirrten, vielleicht auch hinter mir her. Und warum, fragte ich mich, starrte mich der Mond so grimmig an, als hätte er es auf mich abgesehen? Irgendwo schlug eine Kirchturmuhr. Die Wolken jagten wie in der Walpurgisnacht, als ob sie jemanden verfolgten oder selbst von ihm verfolgt würden.

Mein planloses Umherirren führte mich über Außenbezirke zu einem weitläufigen Gewerbegebiet mit Lagerhallen, Nutzfahrzeugen wie eingeschlafenen Reptilien, Brachflächen, einem Schrottplatz mit Ölpfützen, in denen die Sterne funkelten, einem mit Disteln und Nesseln überwucherten Schienenstrang und einem trüben schmierigen Abwasserkanal. Kein einladender Ort, um es mal so zu sagen. Was hielt mich dort? Wie aus dem Nichts, aber glücklicherweise durch einen Maschendrahtzaun von mir getrennt, sprang mich ein Wachhund an, schwarz und groß wie ein Kalb, die Zähne gefletscht, geifernd und mit blutunterlaufenen Augen. Er kam mir vor wie ein Zerberus aus der Unterwelt und ich brauchte Minuten in sicherer Entfernung, bis meine zitternden Beine mir wieder ganz gehorchten.

Als ich um eine Ecke bog, sah ich in einiger Entfernung eine Gruppe von Nachtschwärmern. „Hier? Um diese Uhrzeit?", fragte ich mich ungläubig. Was war das für eine unwirkliche Prozession? Wenn sie in den Lichtkegel einer Laterne eintraten, wirkten die Männer in ihren wallenden düsteren Kutten, einige mit Knebelbärten, wie asketische fanatische Mönche mit jener Aura der Verlassenheit, wie man sie aus Gemälden spanischer Meister aus den Zeiten der Inquisition kennt. Einer von ihnen, offenbar ihr Anführer, trug eine Tiara, eine jener hohen spitzen Kopfbedeckungen altpersischer oder assyrischer Herrscher. Die Frauen dagegen waren übertrieben grell herausgeputzt, aber auf die verlebte Art, als wollten sie ihre jungen Jahre parodieren. Alle waren sichtlich angegriffen von einer gewiss kräftezehrenden Nacht, aber auch in gespannter Erwartung und Vorahnung dessen, was sich noch ereignen würde. Ich folgte ihnen in gebührendem Abstand. Ob aus Neugierde oder einem inneren Drang, der meine Schritte lenkte, weiß ich nicht zu sagen.

Sie steuerten eine Eckkneipe an, die sicher dazu da war, den Durst der Lager- und Speditionsarbeiter nach einem Feierabendbier zu stillen oder auch für Gemütsaufheiterungen zwischendurch. Mit, so stellte ich es mir vor, einem Scheißjob und -lohn, die Ehefrau und die Kinder in Bulgarien und Rumänien, zuletzt gesehen vor langen Monaten. Es war eine Kaschemme mit zu dieser nachtschlafenden Stunde natürlich heruntergelassenen Rollläden, durch die kein Lichtschein fiel. Aber gedämpft wehten aus dem Inneren Gesangsfetzen wie aus einem mittelalterlichen Choral zu mir hinüber. Eine höchst seltsame Art und Umgebung für eine Schickimicki-Party der ausschweifenden und perversen Art, denn so schätzte ich die Nachtschwärmer nach ihrer exzentrischen Kleidung und ihrem Gehabe ein. Aber Nachbarn, die sich über Lärm beschweren, würde es dort ja nicht geben. Und wo konnte man besser als in einer solchen Einöde Neigungen nachgehen, die ich mir nur als lichtscheu und abnorm vorstellen konnte? Lederschwule wären mir harmlos vorgekommen, Cage-Fights schon passender. Eines der Etablissements, wo es erst um zwei Uhr nachts beginnt und die auf manche gerade wegen ihrer Schäbigkeit und Trostlosigkeit anziehend wirken, ein Widerschein der offenen oder sublimierten nackten Brutalität in ihrem Inneren. Geschlossene Gesellschaften, nur geladene Gäste, der örtliche Polizeichef schaut weg wegen seiner Pfründe oder weil er selbst auf der Gästeliste steht, so etwas in der Art, wie dem kranken Hirn eines Regisseurs klischeeüberladener greller B-Movies entsprungen.

Einer aus der Gruppe klopfte an der Tür, die nach einer Weile einen Spaltbreit geöffnet wurde. Er schien ein Losungswort zu sagen, das ich aus der Ferne nicht verstehen konnte. Ihnen wurde Einlass gewährt, die Tür schloss sich danach wieder hinter ihnen und die Straße lag erneut in schwarzer Dunkelheit. War es eine Art magische Kraft, die mich ebenfalls zu dieser Tür zog? Ich kam mir vor wie eine Marionette in den Händen eines durchgedrehten Gauklers. Unschlüssig blieb ich vor der Tür stehen. Da wurde mir auch schon von einem Mädchen mit zwergenhaftem Wuchs, ähnlich einem Gnom oder ein Faun, von innen geöffnet.

Ihr Alter schätzte ich auf vielleicht 14. Mit Piercing-Ringen und über den Schläfen geschorenem Haar. Ein Wesen, noch keine Frau, aber auch kein Kind mehr, halb Unschuld, halb Verruchtheit. Wortlos, als wäre sie stumm, nahm sie mich am Arm wie einen lang ersehnten Gast. Sie zog mich mit dem Gesichtsausdruck eines Kobolds, der einen Erdling zu einer unterirdischen Schatzkammer führt, durch den Schankraum, in dem es nach ranzigem Fett und abgestandenem Bier roch, über eine steile Kellertreppe durch einen schmalen, langgezogenen Durchgang. Wir gingen vorbei an Leergut, psychedelischen Graffitis, einer eingetretenen Toilettentür und Stellen, an denen es nach Urin oder Erbrochenem stank. Ein idealer Ort, um jemanden abzumurksen und für immer verschwinden zu lassen, durchfuhr es mich. Am Ende des Ganges gelangten wir zu einer Stahltür, hinter der die gregorianischen Gesänge dröhnten und kreischten, jetzt aber in einem grotesken Stilmix vermischt mit hämmernden ohrenbetäubenden Metallica-Akkorden.

Beim Betreten des Saales, der mir mit der fensterlosen betonlastigen Kälte, die er ausstrahlte, wie eine Tiefgarage vorkam, wurde mir ein Cocktailglas mit einer grünen Flüssigkeit gereicht. Unter den auffordernden, wie stechenden Blicken der Umstehenden fühlte ich mich genötigt, es mit einem Schluck zu leeren und mir nachschenken zu lassen. Alle schienen mich bereits erwartet zu haben, niemandem war Überraschung anzumerken, mich zu erblicken. Ich meinte, im Menschengewimmel die eine oder andere Person wiederzuerkennen, den Hausmeister unseres Gebäudekomplexes, die dicke Bäckersfrau, einen Schulfreund von früher, ganz normale, geradezu biedere Leute, aber sicher konnte ich mir bei den Lichtverhältnissen dort nicht sein. Auch meine Lehrerin aus frühen Kindheitstagen glaubte ich zu sehen. Dass ich vor Jahren ihre Todesanzeige gelesen hatte, gab mir in diesem Moment nicht zu denken.

Großes Gedränge. Lichtorgeln und Lasereffekte, die Figuren für Sekunden silbrig oder phosphoreszierend aufblitzen und ruckartig wie von einem ungelenken Marionettenspieler gezogen tanzen ließen, bevor sie wieder wie Schemen in einer Geisterbahn im Fastdunkel versanken. Künstlicher Nebel, der aus einem Rohr entwich. Kahle totenkopfähnliche Schädel. Greise wie Jünglinge verkleidet, Männer wie Frauen und umgekehrt. Kalkweiße Gesichter, offenbar von aufgetragener Kreide, im schrillen Kontrast zu knallroten Lippen. Harlekine mit raubvogelhaften Gesichtern. Zu viel pralles Fleisch, oft unansehnlich oder welk, manche auch unnatürlich stark behaart. Offenkundig Partnertausch in rascher Folge. Sprechlaute wie das Gezische von Giftnattern. Eine Luft, so dick, als könnte man sie mit einem Messer schneiden. Fratzen. Ghoule. Satyrn. Faune. Allgemeine Lüsternheit. Eine fette Matrone mit entgleisten Gesichtszügen schmatzte mir mit einer absurd-koketten Miene auf den Mund. Jemand griff mir von hinten in den Schritt. Aber als ich mich umdrehte, um ihn oder sie zur Rede zu stellen, war da eine undurchdringliche Menschenwand. Glitschiges, Schleimiges berührte mich. Das eunuchenhafte Falsett der gregorianischen Choräle, untermalt – wer konnte nur auf eine solche Geschmacksverirrung verfallen sein? – von dem düsteren und harten Sound von Heavy Metal.

Hände fassten mich an den Schultern, den Armen und der Seite. Sie zogen mich durch die Menschentrauben zu einer Tanzfläche. In ihrer Mitte befand sich etwas, dass mir wie die Parodie eines Blindekuh-Spiels vorkam. Ein schmächtiger Jüngling, fast noch ein Knabe, unbekleidet bis auf ein leinenes Tuch um seine Lenden und mit einer übergestülpten schwarzen Kapuze, versuchte unter allgemeinem Gejohle und Anfeuerungsrufen einen der Umstehenden zu erhaschen und festzuhalten, aber sie entwanden sich alle schnell seinem Griff. Schon bald strauchelte er. Er ging zu Boden und die Woge der enthemmt Tanzenden schloss sich über ihm. Weiter zerrten mich die Hände zu einem großen Aquarium, in dem das Skelett eines Hundes oder einer Katze wie in einem roten blubbernden Whirlpool schwamm, noch benagt von faustgroßen Fischungeheuern. Das

Gerippe schien Klagelaute auszustoßen, dabei war es weit von jenem Zustand entfernt, in dem Lebewesen sich noch vernehmlich machen können.

Dann brach die Musik schlagartig ab. Nach und nach sanken alle wimmernd zu Boden. Auch ich konnte mich diesem Sog nicht entziehen. Erst da wurde ich gewahr, dass eine große zweiflügelige Stahltür am Ende des Saales, der ich bis dahin keine Beachtung geschenkt hatte, jetzt weit geöffnet war. Ein fauchendes, gewiss nicht menschenähnliches Gurgeln und Zischen drang heraus. Ein süßlicher, ekelhafter, aber wie zum Hohn mit Weihrauch und Myrrhe vermischter Gestank erfüllte den Saal, der mir jetzt wie eine unterirdische, nur spärlich beleuchtete Krypta außerhalb unserer Zeit vorkam. Niedergekniet und in einer gutturalen Sprache psalmodierend, die ich nicht verstand, empfingen alle im Saal das Wesen, das sich offenbar immer mehr dem Tor näherte. Ich tat es ihnen nach, bibbernd, der Ohnmacht nahe und im Bestreben, mich möglichst klein zu machen. Mein Entsetzen über das, was ich dann erblickte, kann ich nicht in Worte fassen. Eine präzise Beschreibung würde auch meine zerrütteten Nerven überbeanspruchen. Am ehesten kann ich ES mit einem monströsen Raupenfahrzeug vergleichen, aber von gallertartiger, wie durchscheinender Beschaffenheit, die es ihm erlaubte, sich durch das für ihn eigentlich zu kleine Tor zu zwängen. Seinem Körper entwuchsen vier Köpfe unterschiedlicher Größe, aus denen wiederum glitschige Tentakel hervorschnellten.

Eine gnädige Ohnmacht umfing mich. Was danach geschah? Ich weiß es nicht. Hatten die Nachtkreaturen, aber solcher Regungen hielt ich sie nicht für fähig, mit mir Gnade walten und mich ziehen lassen? Oder war ich jetzt einer der ihren? War ich dies, mit unbeschreiblichem Grauen dachte ich es, vielleicht tatsächlich geworden, ohne einen Weg zurück auf die andere Seite? Oder war alles womöglich nur ein Traum gewesen? Vielleicht auch ein morbider halluzinogener Drogenwahn, wie er mich schon bei früheren Gelegenheiten, wenn auch nicht mit dieser

Intensität, überkommen hatte? Jedenfalls musste ich irgendwie den Weg zurück in mein Bett gefunden oder es gar nicht erst verlassen haben. Dort schlief ich bis gegen Abend. Das machte nichts, ich konnte mir meine Zeit ganz nach meinem Belieben einteilen. Als freier Mitarbeiter im Homeoffice entwarf ich für ein fragwürdiges Internetunternehmen, dessen Mitarbeiter ich nie zu Gesicht bekam und die sich mir nur unter ihren, sagen wir, Künstlernamen vorstellten, Computerspiele, die von übersinnlichen Phänomenen oder verborgenen, gar nicht heimeligen Welten außerhalb der Naturgesetze und unserer normalen Wahrnehmungsfähigkeit handelten. Aber der Gehaltsscheck jeden Monat war zumindest Realität. Wenigstens er, wenn auch mit krakeligen unleserlichen Unterschriften.

Anmerkung des Herausgebers: Oder hat der Ich-Erzähler, den ich ja ganz gut zu kennen meine (aber wer kann das schon von ihm behaupten), in seinem auch tagsüber abgedunkelten, von psychoaktiven Schwaden durchzogenen Zimmer einfach zu viel H. P. Lovecraft gelesen? Um die Leserinnen und Leser nicht – möglicherweise – allzu verängstigt zurückzulassen, können wir uns als Minimalkonsens sicherlich darauf verständigen, dass man unbedingt die Finger von Drogen lassen sollte.

Der Grundmann-Pfad

Man hatte mich, Professor der Medizin, der ich bin, zu einem Seminar in einem Kurstädtchen ganz tief im Süden eingeladen, auf den landschaftlichen Reiz der Gegend wurde dabei geradezu schwärmerisch hingewiesen. Alles steuerlich absetzbar und eine gute Gelegenheit, mal wieder altvertraute Kollegen zu sehen. Es sind immer dieselben bis auf wenige neu hinzugekommene, denn mein Fachgebiet – ich erspare Ihnen seinen lateinischen Namen und schwer verdauliche Erklärungen hierzu – ist recht begrenzt und überschaubar. Man kennt sich und spricht die gleiche Sprache, die Laien nicht und selbst andere Mediziner kaum verstehen. Sonderlichen Erkenntnisgewinn versprach ich mir davon jedoch nicht. Aber darum ging's mir auch gar nicht. Mal wieder frische, würzige Waldluft einatmen, abends Viertelchen im Kollegenkreis trinken und gemeinsame Erinnerungen austauschen, täten mir gut, sagte ich mir. Ich erwog auch, den Aufenthalt um ein paar Tage zu verlängern, mal sehen. Dringliche Verpflichtungen hielten mich nicht davon ab.

Mein Privatleben ist nach der Scheidung von meiner Frau und dem berufsbedingten Wegzug meines Sohnes und der beiden Enkelkinder ins Ausland nicht so ausgefüllt. Wir besuchen uns gegenseitig, aber wegen der räumlichen Entfernung geht das nicht oft. Meine Leidenschaft für die Medizin ist im Laufe meines jahrzehntelangen Berufslebens ziemlich abgekühlt. Wir sind beide in die Jahre gekommen. Ernsthaft kann ich mir nicht einreden, dass meine sehr theoretische Arbeit als Professor die Wissenschaft voranbringt. Vielleicht in diesem oder jenem Detail, immerhin. Niemals habe ich verstanden, warum manche Privatversicherte darauf bestanden, von mir als Chefarzt operiert zu werden. Von wem würden Sie sich lieber operieren lassen, von einem Bücherschreiber oder einem Praktiker, der das zehn oder zwanzig Mal jede Woche macht? Sehen Sie! Zu meinen Studentinnen und Studenten habe ich einen ganz guten Draht. Ich tu ja niemandem was. So, wie ich selbst in Ruhe gelassen will, lasse ich auch andere in Ruhe. Oft genug habe ich gesehen, dass die größten Dumpfbacken an der Uni im Ernstfall den kühlsten Kopf bewahrten und alles richtig machten, weil sie strikt nach Vorschrift vorgingen. Überflieger dagegen sah ich in Extremsituationen den Kopf verlieren. Eine Motivationskanone in meinen Vorlesungen war ich gewiss nie. Mehr als ein kleiner verhuschter Lacher, wenn ich mal einen trockenen Witz riss, war nicht drin. Frühere Rivalitäten mit anderen Professoren wichen irgendwann der Erkenntnis, dass wir alle nicht in die Wissenschaftsgeschichte eingehen würden. Altersmilde nennt man das wohl. Aber egal, es fehlten mir ja nur noch wenige Jahre bis zum Ruhestand. Dann würde ich mich ganz von der Medizin verabschieden. Außer natürlich der nach dem natürlichen Verlauf der Dinge wahrscheinlich zunehmend auf mich selbst angewandten. So läuft es nun mal.

Eingedenk früherer Erfahrungen mit endlosen Staus und Umleitungen – die letzten mehr als achtzig Kilometer waren auch noch auf Landstraßen zurückzulegen – brach ich am Tag davor sehr zeitig auf. Aber diesmal ging alles glatt. Schon am frühen Nachmittag traf ich in der Nähe meines Zielortes ein. Was sollte ich mit dem Rest des Tages machen? Ich entschied mich dafür, mir ausgiebig die Beine zu vertreten, und folgte einem Hinweisschild, das mich zu einem Parkplatz in einem Naturschutzgebiet führte. Auf einer hölzernen Tafel dort waren die Wanderwege, die in alle möglichen Richtungen abzweigten, mit Symbolen eingezeichnet und beschrieben. Ich stutzte, als ich las, dass einer von ihnen „Grundmann-Pfad" hieß, denn dies ist auch mein Nachname, Grundmann. Wer mochte dieser Grundmann wohl gewesen sein? Die Hinweistafel schwieg sich hierüber aus. Ein gemeinsamer Vorfahre, das konnte ich mit Sicherheit ausschließen. Irgendetwas davon wäre doch wohl in unserem Familiengedächtnis hängen geblieben und alle meine Vorfahren lebten doch auch im hohen Norden. Ein Spender oder früherer Bürgermeister vielleicht? Mein Smartphone, in das ich als Suchbegriff den Ortsnamen und „Grundmann-Pfad" eingab, sagte mir nur, was ich schon wusste: Dass es dort einen Wanderweg dieses Namens gibt. Fragen konnte ich niemanden. Ich war dort ganz allein, gewiss wegen des – für diese Jahreszeit ungewöhnlichen – ungemütlichen Wetters. Auf das hatte ich mich aber mit einer Regenhaut und festen Wanderschuhen eingestellt, ich lese ja Wettervorhersagen.

Die Wegstrecke war mit 8,4 Kilometern angegeben, ungefähr zweieinhalb Stunden wurden dafür veranschlagt. Der Schwierigkeitsgrad: Mittel, wenn auch mit dem einen oder anderen steilen Anstieg, bei dem man schon aus der Puste kommen könne. Aber dafür würde der Wanderer mit herrlichen Ausblicken belohnt. Der Weg führte vorbei an einer kleinen Barockkapelle, wie aus der Zeit gefallen. Genau richtig für mich, dachte ich. So könnte ich rechtzeitig zum Abendessen im Gasthof sein. Einen anderen Weg einzuschlagen wie den, der meinen Namen trug, kam für mich nicht in Frage. So brach ich auf.

Ein leichter Nebel war aufgezogen, den ich eher mit den frühen Morgenstunden und Tälern verband, nicht mit Höhenzügen. Aber die Natur hat ja kein festes Regelwerk, sondern macht bisweilen, was sie will, besonders, wenn sie launisch ist. In Bezug auf Bewegung folge ich, wie ich gestehen muss, selbst nicht sonderlich medizinischen Ratschlägen, die ich anderen gebe. Ich verschaffe mir zu wenig davon, wegen meiner vorwiegend sitzenden Tätigkeit und einer gewissen Bequemlichkeit. Das Joggen habe ich schon vor über 15 Jahren ganz eingestellt. Aber rauchen tue ich nur, wo ich vom akademischen Nachwuchs und Patienten nicht gesehen werden kann. Arzt, hilf dir selbst!

Trotz der nassen Kälte lief mir schon nach einiger Zeit Schweiß über den Rücken, ich war's halt nicht gewohnt. Ich zog meine Jacke aus. Nach jedem Anstieg, es waren aber gar nicht sonderlich steile, musste ich eine Verschnaufpause einlegen. Ich schlug eine beschilderte Abkürzung ein, abschüssig zwar, aber sie ersparte mir eine weite Schlaufe. Der Nebel verdichtete sich immer mehr. Das eine oder andere Mal meinte ich, hinter mir ein Keuchen zu hören, als ob ich verfolgt würde. Aber wenn ich mich umdrehte, war da niemand. Es muss wohl der Widerhall meines eigenen rasselnden Atmens gewesen sein, dachte ich.

Ich stapfte durch den Wald. Mein Zeitgefühl wurde zunehmend vager. Irgendwann konnte ich die Uhrzeit – selbst ganz ungefähr – nicht mehr schätzen. Eine Armbanduhr trug ich nicht, mein Handy hatte keinen Empfang und die weiße Nebelwand ließ die Sonne nicht einmal mehr durchschimmern. Schon längst hätte ich aber nach der Wegbeschreibung zu meiner Linken die Barockkapelle passieren müssen. Sie lag dem Plan nach im ersten Drittel des Pfades und eine weit größere Wegstrecke musste ich bereits zurückgelegt haben. Aber ich konnte sie nicht erblicken. Hinweisschilder gab es keine mehr, jedenfalls sah ich sie auch an Weggabelungen nicht, so sehr ich auch nach ihnen suchte. Sollte ich mich verlaufen haben? Vielleicht weil ich eine falsche Abzweigung genommen oder ein Schild übersehen hatte? So musste es wohl gewesen sein.

Der Nebel umhüllte mich mittlerweile wie Milch, die mich kaum noch meine Schuhe sehen ließ. Ich beschloss, sofort umzukehren. Bis dahin war ich nur aufwärts gegangen. Sollte ich nicht, sagte ich mir, wenn ich jetzt den umgekehrten Weg einfach nur immer abwärts ginge, über kurz oder lang zur Landstraße kommen? Vorausgesetzt, ich ginge in die richtige Richtung. Das war wohl der springende Punkt. Aber was sollte ich sonst tun? Schritt für Schritt tastete ich mich voran. Jetzt auch noch ein Sturz über einen Stein, einen herabgefallenen Ast und ein auch nur verstauchter Fuß, nicht auszudenken! Mehr und mehr streiften mich Äste oder sie tauchten plötzlich im Nebel vor mir auf wie wütende Greise und ich musste mich unter ihnen hinwegducken. Ich war also nicht mehr auf dem befestigten Weg, sondern mitten im Wald. Das nasse Gras und Baumwurzeln kamen mir wie Fußfallen vor. Wie eine Maschine, ich wunderte mich selbst über meine Willensstärke und meine Kraftreserven, bahnte ich mir meinen beschwerlichen Weg durch den Wald. Ich wurde die ganze Zeit von dem Gedanken getragen, dass es nur abwärts gehen müsse, immer abwärts. Er gab mir Halt und ein Ziel.

Nach einer Stunde, es mögen aber auch zwei gewesen sein, gelangte ich tatsächlich zu einer breiten Lichtung in einer Senke. Die Sichtverhältnisse hatten sich dort deutlich gebessert, der Nebel hatte sich in höhere Regionen verzogen. Aber wie groß war meine Enttäuschung, in die sich jetzt auch Entsetzen mischte, als ich die Niederung auf allen Seiten von dichtbewaldeten Anhöhen umgeben sah. Wie sollte ich sie erklimmen können und was läge dahinter? Da wurde ich gewahr, dass sich in einiger Entfernung Rauch über einer Hütte kräuselte, einer aus Lehm errichteten und von groben Holzstämmen zusammengehaltenen Kate mit einem Dach aus Stroh. Wo gab es heute noch sowas außer in Freilichtmuseen? Vor ihr standen ein Mann und eine Frau unbestimmbaren Alters. Wie merkwürdig sie gekleidet waren! Er mit einem wollenen Kittel, der über seiner Brust mit einer Spange zusammengehalten wurde, knielangen Hosen aus grobem Leinen, die Unterbeine und Füße steckten in langen Strümpfen, vielleicht aus Hanf. Seine Schuhe waren aus brüchigem Leder mit Zwirn zusammengenäht. Sie mit einer Haube mit Hörnern, einem knöchellangen Gewand, an der Taille durch einen groben Strick zusammengeschnürt, und Schnabelschuhen. Hippies? Als sie mich bemerkten, liefen sie heftig winkend und Unverständliches rufend auf mich zu. Auch ich beschleunigte meinen Schritt in ihre Richtung. Ihr Gestikulieren schien mir nichts Bedrohliches an sich zu haben, es wirkte auf mich nur flehentlich.

Sie redeten in einer Sprache auf mich ein, von der ich nur Wortfetzen verstand. Mittelhochdeutsch? Ein ausgestorbener germanischer

Dialekt? Ich kann es nicht sagen. Zum Reden kam ich auch gar nicht. Ohne mir Gewalt anzutun – sie fassten mich an, als wäre ich zerbrechlich – drängten mich die beiden zur Hütte. Ihr Inneres bestand aus nur einem Raum. Der Boden war gestampfte Erde. An der Wand befand sich nur eine einzige kleine Fensteröffnung, durch die kaum Licht fiel. In der Mitte lag eine brennende Feuerstelle, eingefasst von Steinen. Ein Tisch, zwei Hocker, eine Truhe, alles sehr grob gezimmert. Kein Schrank, keine Betten. Man schlief offenbar auf Stroh um das Feuer herum. Es war also alles sehr dunkel, rauchig und stickig.

Nachdem sich meine Augen etwas an die Lichtverhältnis gewöhnt hatten, sah ich ihn in einer Ecke, eingehüllt in Felle: Einen kleinen Jungen, der offenbar im Sterben lag. Als Arzt wusste ich, was ich zu tun hatte. Ich schaute mich suchend in der Hütte um und erblickte einen Krug, an dem ich roch. Hochprozentiger Schnaps. Wenigstens das! Erst wusch ich meine Hände gründlich, um sie danach mit einem guten Schuss Branntwein zu desinfizieren. Dann betastete ich den Leib des Jungen. Er schien mich in seinem Fieberdelirium nicht wahrzunehmen, sondern einen Punkt hinter mir zu fixieren. Vielleicht streckten dort Waldgeister ihre knorrigen Hände aus, um ihn zu sich zu holen, kam mir in den Sinn. Das eine oder andere Mal stöhnte er unter meinen Berührungen aber doch auf. Ich hatte also die Quelle der Schmerzen geortet. Gut so! Die Diagnose schien mir sehr einfach zu sein, auch ohne Laborwerte und Röntgenbilder, die ich natürlich nicht hatte. Ein hochgradig entzündeter und eitriger Abszess, der sofort entfernt werden musste. Die nächsten vielleicht 15 Minuten würden über das Leben des Jungen entscheiden. Selbst wenn es mir wie durch ein Wunder – ein Handy mit plötzlichem Empfang – gelungen wäre, einen Rettungshubschrauber herbeizurufen, wäre es bis zu dessen Eintreffen zu spät gewesen.

Eigenhändig rieb ich einen leidlich sauberen Kessel mit Branntwein aus. Wasser aus der Regentonne brachte ich darin auf der

Feuerstelle zum Kochen. An einem Stein schliff ich ein scharfes Messer. Dann wusch und desinfizierte ich auch die Stelle, an der ich den Eingriff vorzunehmen gedachte. Das Messer drang in den Körper des wimmernden Jungen ein und zog etwas sehr Hässliches aus ihm heraus, das wie ein Wurm aussah, der in blinder Wut um sich biss. Seine Eltern – ich vermutete, dass es seine Eltern waren – sahen allem wortlos und wie gelähmt zu, als wohnten sie einer übersinnlichen Erscheinung bei, die mit dem Verstand nicht zu erklären war. Ich gab ihnen durch Gesten und Worte, die ihnen offenbar teilweise bekannt vorkamen, zu verstehen, dass ich so etwas wie Faden zum Zunähen der Wunde brauchte, vielleicht ein Stück Seide. Sie brachten mir das Gewünschte. Dann hielt ich stundenlang Wacht an der Ruhestätte des Jungen. Seine Atemzüge wurden zunehmend ruhiger, seine Gesichtszüge gelöster und friedvoller, während er schlief. Auch ohne ein Thermometer wusste ich, dass sein Fieber zurückgegangen war. Einmal legte mir sein Vater die Hand auf meine Schulter, mit einem Gesichtsausdruck voller tiefster Dankbarkeit, aber auch so, als wäre er unsagbar beschämt. Ich kann es nicht in Worte fassen. Irgendwann fiel ich nach all den Strapazen des Tages in einen traumlosen Schlaf.

Am nächsten Morgen wachte ich im Freien auf der Lichtung auf. Dort fand ich keine Spur mehr von der Hütte und ihren Bewohnern. Aber die gleiche Niederung war es ganz gewiss. Ich erkannte sie an zwei, drei markanten Stellen wieder, die sich mir eingeprägt hatten. Das Wetter war völlig umgeschlagen, ein sehr sonniger Tag mit einem strahlendblauen Himmel erwartete uns. Eigentlich hätten mir alle Knochen im Leib schmerzen müssen, aber ich war seltsam ausgeruht und frohgemut. Geweckt hatte mich das Kreischen von Motorsägen. Waldarbeiter, dachte ich, nicht weit von mir entfernt. So war es auch. Ich stellte mich ihnen als Frühaufsteher vor, der die ersten Strahlen der aufgehenden Sonne genießt. Die Wahrheit hätte ich ihnen ja nicht sagen können, sie hätten mich für verrückt gehalten. „Das tun wir auch", sagten sie nickend, wie gleichgesinnte Verschwörer.

Ob es hier in der Nähe eine Hütte gebe, wollte ich von ihnen wissen. Nein, nirgendwo, hieß es, das sei hier verboten, wegen des Naturschutzes, außer ein paar Unterständen für Blitz, Regen und einem überdachten Grillplatz gäbe es hier im weiten Umkreis nichts. Und sie müssten es ja wissen, wer kenne den Wald besser wie sie? Unter den Menschen, schränkten sie ein.

Jetzt, wo ich diese Zeilen zu Papier bringe, fällt mir auf: Sie schienen mit einer einzigen Stimme gesprochen zu haben.

Sie wiesen mir den Weg zum Parkplatz. An der nächsten Weggabelung nach links und dann immer geradeaus, bald auch den Beschriftungen folgend. Nach kaum mehr als einer Stunde wäre ich angekommen. Ich erblickte dort mein Auto wie ein Schiffbrüchiger auf hoher See das rettende Ufer.

An meine Teilnahme am Seminar noch an diesem Tag war natürlich nicht zu denken. Ich ließ den anderen ausrichten, dass mich ein plötzliches Unwohlsein überkommen habe, nichts Ernstes, und dass ich erst zum Abendessen zur Gruppe stoßen würde. Die zuvorkommende Dame von der Touristeninformation verstand sofort mein Interesse am Namensgeber des Grundmann-Pfades, als ich mich ihr vorstellte. Jener Grundmann, sagte sie mir in geradezu verschwörerischem Ton und offenbar sehr erfreut über meine Wissbegierde bezüglich der Sagen und Legenden ihrer Heimat, sei ein ruchloser Wilddieb und Wegelagerer gewesen. Ausgeschlossen und gemieden von der Ortsgemeinschaft soll er mit seiner Frau und seinem kleinen Sohn in einer Hütte auf einer Lichtung im Wald gehaust haben. Gräueltaten wurden ihm zugeschrieben. Kaufleute mit prall gefüllten Säckeln, die auf dem Weg zu Märkten durch den Wald zogen, seien danach nie wieder gesichtet worden. Eines Tages erkrankte sein Sohn schwer, der nebst seiner Frau der Einzige war, der noch sein Herz erreichte. Sein Leben schien der Junge auszuhauchen. In seiner ihm schier die Besinnung raubenden Verzweiflung gelobte Grundmann, in sich zu gehen und Abbitte zu leisten, wenn nur sein Sohn am Leben bliebe. Da erschien ihm ein Geistwesen, das ... Jetzt beschrieb die von ihrer eigenen Geschichte in ihren Bann gezogene Dame mehr mit Gesten als mit Worten einen einfachen, aber ins Fantastische und Mystische überhöhten medizinischen Eingriff. Der Kleine atmete und begann auch bald wieder zu lachen! Fortan widmete Grundmann sein Leben dem Schutz des Waldes und seiner Bewohner. Reisende, die sich hoffnungslos verirrt hatten, führte er wieder auf ihren Weg zurück. Eine auch noch so kleine Gabe nahm er dafür nicht an. Die Dorfbewohner machte er auf eine reiche Silberader aufmerksam, die er beim Herumstreifen im Wald entdeckt hatte. Sie nahmen ihn wieder in ihre Gemeinschaft auf. Von seinem Sohn heißt es, dass er schon in seiner Jugend die heilende Kraft von Pflanzen und Kräutern des Waldes mehr erahnte als erkannte. Er führte damit Experimente durch, erst an sich selbst und Waldtieren. Aber mit den Jahren und Jahrzehnten suchten ihn immer mehr Dörfler mit Gebrechen auf, auch Leute, die sich von weither zu ihm auf den Weg gemacht hatten. Oft konnte er helfen. Man verehrte ihn als Wunderheiler. Er soll immer gelehrt haben, dass Branntwein den Teufel nicht nur herbeirufen, sondern richtig eingesetzt auch vertreiben könne. Eine Bezahlung wies er immer zurück, aber man konnte ihm Früchte und frisches Fleisch mitbringen, was er dann stets gründlich abwusch. Wundergläubig sei er gewesen, seiner Zeit und der Erscheinung des Geistwesens in seiner frühen Kindheit geschuldet, das ihn aus höchster Not errettet hatte. Das liege alles im Dunkel der Geschichte und dort werde es auch bleiben. Eine Legende eben, wie es so viele in diesem Landstrich gibt.

Ich las einmal zwei Geschichten des großen Schweizer Erzählers Franz Hohler. Die eine mit dem Titel „Das Denkmal" handelt von einem Mann namens Baumgarten, der aus reinem Zufall auf einen Wanderweg zu einem Denkmal mit ebendiesem Namen stößt und sich auf dem Weg dorthin im Nebel verirrt. Die andere, „Der Schimmel", erzählt von der Zeitreise einer Hebamme ins Mittelalter. Diese

Einfälle oder sagen wir Handlungseinstiege habe ich, ich muss es gestehen, für meinen Text übernommen. Ich denke aber, sie dabei gründlich abgewandelt und mit einem ganz eigenen weiteren Handlungsstrang, Ende und Grundton versehen zu haben. Als Plagiator sehe ich mich daher nicht. Und wer könnte auch die Kabinettsstücke von Franz Hohler nachahmen? Ich gewiss nicht.

Der Mann am Schlauch

Die Idee zu dieser Geschichte kam mir aus einem nicht sonderlich wichtigen Anlass, als ich einmal wegen eines Schlüsselbeinbruchs nach Gartenarbeit, nichts wirklich Ernstes, in der Unfallklinik in Lich/Oberhessen operiert wurde und dort zwei Nächte verbringen musste. Gewidmet ist die Geschichte dem hart arbeitenden und dabei immer netten Pflegepersonal, insbesondere dem des Nachtdienstes zwischen Mitternacht und Morgengrauen, den entscheidenden Stunden dieser Erzählung.

Bevor ich ihn sah, hörte ich den LKW schon mit hoher Geschwindigkeit um die Ecke biegen. Auszuweichen mit meinem Motorrad, ebenfalls in voller Fahrt, war nicht mehr möglich. Ich erblickte noch die schreckgeweiteten Augen des Fahrers am Lenkrad hinter der Windschutzscheibe. Dann sah ich nichts mehr außer dem Sternenhimmel über mir, die Nacht war bereits angebrochen. Es folgte das Blaulicht, das sich auf dem regennassen Asphalt in einer roten Pfütze widerspiegelte. Ich vernahm noch das Auf- und Abschwellen des Martinshornes, aber wie unter Wasser, wenn man ein fernes, kakophonisches Orchester zu hören vermeint, das immer leiser wird und schließlich ganz verklingt. Dann war ich weg.

Auf der Schwelle zum Tode oder schon über sie hinweg?

„Sind Sie ein Engel?", krächzte ich, als ich irgendwann – wie lange ich ohne Bewusstsein gewesen war, wusste ich nicht – die Augen aufschlug und über mich gebeugt ein liebliches Antlitz sah, eingerahmt von weizenblondem, zu Zöpfen geflochtenem langem Haar.

„Nein", antwortete sie besänftigend lächelnd und mit unverkennbarem osteuropäischem Akzent, mit gerollten Rs und Ls, „ich bin Schwester Aneta von der Intensivstation der Unfallklinik. Aber Sie sollten jetzt nicht sprechen, es strengt Sie zu sehr an. Später wird Ihnen der Chefarzt alles erklären. Das kann aber noch dauern, er ist im OP-Saal. Am besten, Sie schlafen jetzt weiter." Sie flößte mir mit einem Glas Wasser ein paar Tabletten ein. Das Schlucken schmerzte mich, als hätte mir ein böser Teufel mit Wucht gegen den Brustkorb getreten. Nachdem das Hämmern abebbte, womit es sich verdammt viel Zeit ließ, fiel ich wieder in ein tiefes schwarzes Loch. Traumlos wie der Tod.

Wie lange werde ich wohl geschlafen haben? Nichts in der fensterlosen Intensivstation verriet mir nach meinem Aufwachen die auch nur ungefähre Tages- oder Nachtstunde. Mein Blickfeld war sehr eingeschränkt, mehr als leichte behutsame Drehungen meines Kopfs, die Zeit in Anspruch nahmen, waren nicht drin. Ich wurde gewahr, dass in diesem großen Raum noch weitere Betten standen, es mögen sechs oder acht gewesen sein, offenbar alle voneinander durch Vorhänge getrennt. Hinter einem erklang ein Röcheln. Neonröhren, durch Milchglas abgemildert, erhellten den Saal. Ein paar eingerahmte Farbdrucke verschönerten den Gesamteindruck nur unwenig. Mein EKG ging hoch und wieder hinunter, aber wie eine bedächtige Achterbahn, die manchmal erst Anlauf nehmen musste, um die nächste Anhöhe zu bewältigen und dann wieder abzusacken. Mit meinem linken Arm, der rechte schmerzte zu sehr, betastete ich meinen Leib. Viele Schläuche und Kanülen, durch die der lebenserhaltende rote Saft oder andere, für mich undefinierbare Substanzen tröpfelten oder blubberten. Meine Fußzehen konnte ich bewegen. Mein Penis reagierte auf meine Berührung wie eine sich zurückziehende kleine Schnecke. Immerhin schien ich noch im Vollbesitz meiner äußeren Gliedmaßen zu sein. Nur bei meinem Kopf war ich mir da nicht mehr so sicher.

Irgendwann traf auch der Chefarzt ein, ein Professor, umringt von Doktoranden in weißen Kitteln. Dem Gesichtsausdruck des gesetzten älteren Herren war anzumerken, dass er wohl schon alles an Wunden und Verletzungen gesehen hatte. Er sprach sehr leise mit mir, als könnte mich ein lautes Wort erschüttern und zum Einsturz bringen. Zum Glück hätte ich einen Helm und meine Motorradfahrerkluft getragen, sonst läge ich jetzt nicht hier. Aber höchst komplizierte Brüche hätte ich mir zugezogen. Am bedenklichsten seien zwei gebrochene Rippen, die tief in meinen Lungenflügel eingedrungen waren und Knochensplitter in meinem Herzen. Meine übrigen inneren Organe seien nicht betroffen, aber man wisse ja nie, alles hänge schließlich mit allem zusammen. Die Operation sei unter den gegebenen Umständen gut verlaufen. Aber über den Berg wäre ich noch nicht. Meine Soundso-Werte – ich war zu entkräftet und abgestumpft, um seinen Erklärungen folgen zu können – gäben Anlass zu Besorgnis. Auch mein Herzschlag sei nicht auf die leichte Schulter zu nehmen. Entscheidend seien jetzt die nächsten zehn, zwölf Stunden, in denen sich mein Zustand stabilisieren müsse und keine Komplikationen auftreten dürften. Aber, keine Bange, ein Pfleger würde die ganze Nacht auf einem Stuhl neben meinem Bett wachen, um beim geringsten Vorkommnis einschreiten zu können. Auch auf seinem eigenen Handy bliebe er für Notfälle erreichbar. Er wollte sich von mir mit einem aufmunternden Klaps auf die Schulter verabschieden, schreckte aber im letzten Moment davor zurück, als wäre ich zerbrechlich. Dann zogen er und sein Tross zum nächsten Bett weiter. Dem, der es belegte, ging es auch nicht besser als mir.

Mitten in der Nacht wachte ich wieder auf. Die Nachtzeit verrieten mir die Neonröhren, die ausgeschaltet waren oder nur noch ein steriles, milchiges, durch Flackern unterbrochenes, kaltes Licht vergossen und die absolute Stille, die nach der hektischen Betriebsamkeit tagsüber auf der Station eingekehrt war. Der Pfleger auf dem Stuhl neben meinem Bett war eingeschlafen. Ich stand auf. Es schien seltsam, dass es mir ganz leicht fiel und überhaupt keine Schmerzen bereitete. Es war, als würde ich schweben. Als ich mich zu meinem Bett umdrehte, lag ich dort aber noch immer. So sehr ich auch in die Stille hineinlauschte, ich konnte keine Atemzüge von mir hören. Das EKG war zu einem flachen bewegungslosen Strich geworden. „Sollte ich den Pfleger wecken?", fragte ich mich. Aber wie hätte ich ihm erklären können, dass es mich jetzt gleich zweimal gab? Es wäre auch ganz zwecklos gewesen, wie mich eine Krankenschwester belehrte, die, herbeigerufen durch ein rotes Licht, an mir vorbeihuschte und mich streifte, ohne mich wahrzunehmen. Ich empfand es danach gar nicht als sonderbar, sondern geradezu als in Einklang mit den Naturgesetzen stehend, dass ich mich im Spiegel über dem Waschbecken nicht sah.

Ich schlenderte durch die leeren Gänge der Unfallklinik, in denen meine Schritte nicht widerhallten und in denen sich die automatischen Türen nicht vor mir öffneten, aber auf die anderen Seiten gelangte ich trotzdem. Draußen im Freien gesellte ich mich an der Raucherecke zu Aneta und einer anderen Krankenschwester. Gerne hätte ich sie um eine Kippe gebeten, aber es ging ja nicht. Die beiden schienen beste Freundinnen zu sein, die keine Geheimnisse voreinander hatten und sich alles erzählten.

„Wie läuft es", fragte die andere, „mit Dr. Kalbach?"

„Bäh", antwortete Aneta mit Entschiedenheit, „mit dem ist es aus und vorbei. Er hat mir weisgemacht, dass seine Ehe total im Eimer sei und er sich wegen mir scheiden lassen wolle. Aber so zerrüttet war seine Ehe offenbar doch nicht, denn er machte ihr noch vor kurzem ein Kind. Jetzt faselt er was von Verantwortungsbewusstsein und Pflichtgefühl. Aber war es vielleicht verantwortungs- und pflichtbewusst von ihm, mich in der Abstellkammer zwischen Desinfektionsmittel, Bohnerwachs und Schrubbern zu nehmen? Die Initiative dazu ging von ihm aus, nicht von mir. Er war es, nicht ich."

„Hm", murmelte die andere betrübt. Nachdem sie eine Weile gedankenverloren geschwiegen hatte, fuhr sie fort: „Aber wie ist es mit dem Neuen, frisch von der Uni, Dr. Cornelius? Er ist doch sehr nett und passt altersmäßig perfekt zu dir. Jeder merkt doch auch sofort, dass er auf dich steht. Manchmal stottert er, wenn er mit dir spricht. Das ist so süß."

„Ja", seufzte Aneta, „das stimmt alles. Er ist nett und auch sehr belesen. Aber halte mich jetzt nicht für oberflächlich! Seine abstehenden Ohren, seine Akne, sein trauriger Blick. Und wenn er mir von Thomas Mann vorschwärmt, dessen Bücher er bei langen ruhigen Nachtwachen von vorne bis hinten durchliest, dabei oft schmunzelnd oder leise auflachend, fällt mir dazu überhaupt nichts ein. Ich fühle mich dann dumm, was ich aber doch gar nicht bin. Nein, ich könnte mich nicht in ihn verlieben und das möchte ich doch, jedenfalls so lange ich noch jung bin. Eine Vernunftehe kann ich danach immer noch eingehen." Gerne hätte ich sie jetzt umarmt und getröstet. Aber wenn sie, vielleicht durch irgendeine Brechung im Raum-Zeit-Kontinuum oder so, ich weiß es ja nicht, meine Umarmung realisiert hätte, hätte ihr das gewiss keinen Trost gespendet, sondern das genaue Gegenteil bewirkt. Dann war die Zigarettenpause der beiden auch schon wieder zu Ende.

Ich streifte durch den kleinen Erholungspark, der die Unfallklinik umgab, und versuchte, mir einen Reim auf all das zu machen, was mir in dieser Nacht widerfahren war. Waren die Schauergeschichten, in denen Gespenster spukten, womöglich ein getreues Abbild der Wirklichkeit, basierend auf eigenen Erlebnissen? Oder sagten die Okkultisten, die behaupteten, in einem Raum zwischen Leben und Tod und dabei auch auf der anderen Seite gewesen zu sein, vielleicht doch die Wahrheit? Und das Totenbuch der alten Ägypter? Wussten sie mehr als die Christen nach ihnen? Oder gab es eine rationale Erklärung? Sind nicht Leben und Tod wie die zwei Seiten einer Medaille? Natürlich kann die eine Seite der Medaille die andere nicht sehen, aber mit Hilfe von Spiegeln schon. Wenn die Medaille in einem Ofen eingeschmolzen wird, welche Seite hat sie dann noch? Keine dieser Erklärungen konnte mich befriedigen.

Es war eine Nacht, die niemand ungezwungen im Freien verbrachte, nicht einmal die Tiere des Waldes, die jetzt gewiss in behaglichen Erdlöchern oder Nestern schlummerten. Aber ich bemerkte den Graupelregen und den schmutzigen schmelzenden Schnee, der von den Dachtraufen auf den Boden klatschte, nicht einmal. Eingelullt vom Murmeln des Bächleins, das sich mit seinen kleinen Eisschollen durch den Park schlängelte, fiel ich auf einer Parkbank in einen tiefen Schlaf. Im Traum erschien mir eine Wassernixe, die zu mir sagte: „Du hast absolut nichts verstanden und dabei ist das doch gar nicht so schwer. Aber du hast dich bemüht, zu verstehen. Deswegen können wir dich erlösen."

Am nächsten Morgen in meinem Krankenbett weckte mich Schwester Aneta mit einem stärkenden, herrlich duftenden Früchtetee, den sie mich wie ein Kleinkind aus einer Schnabeltasse nuckeln ließ. Hinter ihr blickte mich das strahlende Gesicht des Professors an. „Wissen Sie", sagte er zu mir, „dass Ihr Leben in den vergangenen 10 Stunden nicht einmal mehr an einem seidenen Faden hing? Hier ist alle medizinische Kunst an ihrem Ende angelangt, sagte ich zu jedem auf der Station, dem armen Kerl kann niemand mehr helfen. Es wird allenfalls noch wenige Stunden dauern. Alles, was ich Ihnen zuvor bei der Visite sagte, diente allein dem Zweck, den letzten Funken Überlebenswille in Ihnen aufrechtzuerhalten und Sie mit ein wenig Hoffnung sterben zu lassen. Tatsächlich trug der wachhabende Arzt gegen 2 Uhr nachts in unser Dienstbuch ein, dass alle Ihre Lebensfunktionen erloschen waren. Ich kenne seine Gewissenhaftigkeit sehr langem, ihm kann dabei unmöglich ein Fehler unterlaufen sein. Und ein EKG lügt ja auch nicht, es speichert alle Messergebnisse ab. Ist eine Linie dort gerade geworden, auch noch für längere Minuten, kann sie bei derselben Person nicht mehr gezackt werden. Von der störungsfreien Funktionsfähigkeit des Geräts haben wir uns inzwischen durch mehrere Tests vergewissert.

Aber keine zwei Stunden später begann sich Ihr vollständig mit einem weißen Tuch bedeckter Leib zu rühren, Sie gaben krächzende Laute von sich. Der anwesende Krankenpfleger, ein gestandener Mann, den nichts zu erschüttern schien, fiel in Ohnmacht. Alle anderen stoben schreiend davon. Zu einer sehr frühen Morgenstunde erreichte mich auf meinem Handy ein Anruf von der Station, auf den ich unter normalen Umständen – ich brauche meinen Schlaf – höchst unwirsch reagiert hätte. Aber diesmal nicht, nachdem mir mein Kollege in atemlosen und gehetzten Worten den Vorfall geschildert hatte. Lassen Sie uns jetzt ein paar Tests und Röntgenaufnahmen machen. Ich versichere Ihnen, es wird nicht lange dauern."

„Es ist völlig unmöglich", murmelte der Professor mehrmals ungläubig, dabei wie um Rat suchend um sich schauend. „Sie waren ganz ohne jeden Zweifel tot und jetzt leben Sie wieder. Und nicht nur das. Ihre Werte haben sich in entscheidenden Punkten deutlich verbessert. Sie sind jetzt ganz außer Gefahr, auch wenn ihre Rekonvaleszenz gewiss noch sehr lange Zeit in Anspruch nehmen wird. Aber auch dabei bin ich mir mittlerweile gar nicht mehr sicher. Noch nie ist in der medizinischen Fachliteratur ein Fall wie der Ihrige beschrieben und dokumentiert worden. Er widerspricht allem, was ich an der Universität gelernt habe und jetzt selbst als Dozent lehre. Jetzt stehe ich vor Ihnen und denke an Lazarus, der weggegangen war nach dort, wohin kein Lebender gelangt, und der wiederkam, weil Jesus ihn rief. Aber wer sollte Sie gerufen haben? Ich habe das ganze Bibelzeugs doch nie geglaubt, ich werde auch jetzt nicht damit anfangen. Ich möchte Sie nur bitten, noch für zwei oder drei Wochen, vielleicht auch für länger, unter Beobachtung auf der Station zu bleiben. Auch aus ganz persönlichen – oder sagen wir besser wissenschaftlichen – Gründen, die ich nicht verhehle. Ich will dem Mysterium auf den Grund gehen, auch wenn ich bis zum Ende meiner Tage nichts anderes mehr mache. Ihr Fall muss gründlichst und überprüfbar bis in alle Details dokumentiert werden, auch für einen längeren Aufsatz, den ich einer medizinischen Fachzeitschrift einreichen werde. Sehr wahrscheinlich, sicher sogar, werden mich meine Kollegen dann einen Spinner nennen und vielleicht sogar aus der Ärztekammer ausschließen wollen. Aber das ist mir egal. Als Wissenschaftler habe ich die Wahrheit zu sagen, ohne an persönliche Konsequenzen für mich zu denken."

Den wahren Grund für meine Errettung konnte ich ihnen nicht nennen. Sie hätten sofort gedacht, dass mein Kopf doch irreparable Schäden davongetragen habe und diese Enttäuschung konnte ich den lieben Leuten nicht bereiten. Manchmal meinten sie zu mir, dass ich wohl einen Schutzengel gehabt habe. Ein Schimmer ihrer Erkenntnis. Obwohl ich stark daran zweifle, dass es tatsächlich Engel gewesen waren. Die waren doch, nach allem, was wir wissen, immer nur tiefgläubigen Menschen behilflich gewesen, die zuvor die Jungfrau Maria oder einen Heiligen angerufen hatten, aber doch nicht einem eingefleischten Atheisten und Titanic-Leser wie mir, dem solches niemals in den Sinn gekommen wäre.

Ich erzielte danach rasch weitere Behandlungsfortschritte. Schon nach ein paar Tagen konnte ich mich, wenn auch mit Mühen und langsam, wieder artikulieren und dabei auch längere Sätze bilden. Das gesamte Personal der Intensivstation lernte ich in kurzer Zeit kennen. Dr. Cornelius hatte tatsächlich Segelohren und Akne. Aber richtig nett war er, er errötete und fing an zu stottern, wenn er mit Schwester Aneta sprach. Seine Kollegen kommentierten es hinter seinem Rücken mit verschmitzten, aber gutmütigen Gesichtsausdrücken. Schwester Aneta machte sie deswegen das eine oder andere Mal gehörig zur Sau. Tief beglückt war er, als ich ihn einmal auf meine Vorliebe für Thomas Mann ansprach, die aber leider wohl niemand auf der Station teilen würde. Fortan las er mir, sofern es seine Zeit erlaubte, immer vor. Bei besonders gelungenen Formulierungen oder Charakterisierungen mussten wir beide lachen, was aber meinem Brustkorb überhaupt nicht gut tat. Nur bei *Der Tod in Venedig* gab ich zu bedenken, dass Thomas Mann hier wohl etwas durcheinandergebracht oder gründlich missverstanden habe.

Aber das vertiefte ich nicht weiter. Einmal sagte ich zu Schwester Aneta im Flüsterton, dass ich ihn für einen dieser seltenen Typen halte, die dazu entschlossen sind, lange Jahre auf eine Frau zu warten, wenn sie sich einmal richtig und für immer verliebt haben. Sie lächelte mir zu und küsste mich sanft auf die Wange. Dr. Kalbach war tatsächlich ein sehr merkwürdiger Mensch. Manchmal deutete er an, dass das ewige Gekeife und die Vorhaltungen seiner Frau ihm das Leben unmöglich machten. Er spielte mit dem Gedanken an eine Scheidung, aber sein Verantwortungsbewusstsein ließ das nicht zu.

Seitdem, und danach sind mehr als fünfzehn Jahre vergangen, pflege ich eine gute freundschaftliche Beziehung zum Professor, Aneta und Dr. Cornelius. Mit dem Professor und seiner Frau gewiss eine sehr ungewöhnliche, die es sonst im Leben kaum geben wird, wegen unserer sehr unterschiedlichen Charaktere und Lebensläufe. Wir teilen jene immer länger zurückliegende Nacht, wenn auch das Entscheidende nur ich erlebt habe, und keiner von uns kann das vergessen. Mit dem Professor und seiner Frau verbringe ich jedes Jahr einen gemeinsamen einwöchigen Urlaub. Wir verstehen uns prächtig und kommen regelmäßig auf die Ereignisse jener Nacht zurück. Mein Freund, der Professor, staunt immer wieder, wie gelenkig ich mit dem Kopf und den Händen voran in den Pool springe und dann bis zum gegenüberliegenden Beckenrand kraule, auch schon mal bis zu einem Felsbrocken weit vor dem Strand. Sein Aufsatz wurde nach um die zehn vergeblichen Versuchen, in den meisten dieser Fälle erhielt er nicht einmal eine Antwort, ansonsten einen knappen Zweizeiler, endlich von einer kleinen medizinischen Fachzeitschrift angenommen, die ein Nischendasein führte. Vielleicht zu seinem Glück ging die Publikation in der Flut der medizinischen Neuerscheinungen völlig unter. Nicht mal Witzbolde oder abgedriftete Querdenker interessierte sie. Eine befriedigende wissenschaftliche Erklärung für das Unerklärliche hat er bis heute nicht gefunden, aber dazu verschiedene Theorien aufgestellt, die er jedoch mit seinem kritischen Geist alle selbst wieder verwarf. Ich wünsche ihm, dass er nach überlanger Zeit verstanden sein wird. Er ist halt weit seiner Zeit voraus. Ging aber auch schon vielen anderen so.

Aneta und Dr. Cornelius heirateten nach langen Jahren. Nach einer gescheiterten, unglücklichen Ehe fiel ihr eines Tages durch reinen Zufall, der aber vielleicht ähnlich wie bei mir gar keiner war, der Roman „Die Liebe in den Zeiten der Cholera" von Gabriel García Márquez in die Hände. Seine Lektüre weckte in ihr längst verschüttete Erinnerungen, die jetzt mit Macht ans Tageslicht drängten. Sie sind glückliche Eltern eines kleinen Jungen. Segelohren und Akne hat er nicht, aber selbst wenn, würde das ihrer Liebe zu ihm nicht den allergeringsten Abbruch tun.

Ich verfasse übrigens seitdem fantastische Erzählungen. Sie erfreuen sich einer gewissen Beliebtheit in bestimmten randständigen Kreisen. Mainstream ist das ganz und gar nicht. Dabei verarbeite ich meine eigenen Erfahrungen. Aber das weiß niemand und auf Ihre Verschwiegenheit, oh Ihr wenigen Leserinnen und Leser dieses Bändchens, kann ich ja gewiss zählen. Es ist nicht übertrieben, wenn ich sage, dass ich meine gesamte Inspiration aus den Ereignissen jener lange zurückliegenden, aber für mich nie wirklich vergangenen Nacht schöpfe. Ich kann das auch zugeben, es glaubt mir ja sowieso niemand. In den Augen der Welt – meiner sehr kleinen – bin ich einer von vielleicht hunderten oder tausenden Motorradfahrern, ich kenne die Statistiken nicht, die jedes Jahr allein in Deutschland einen schweren Unfall haben und ihn überleben. Nichts wirklich Besonderes.

AM WASSER IN DEN WÄLDERN

Inspiriert, wenn man mir dieses hochtrabende Wort nachsehen möge, zu dieser Geschichte hat mich die Novelle „Die kleine Roque" von Guy de Maupassant.

Diesen Sommer verbrachte ich, wie schon oft früher, bei meinem Onkel Konrad im Süd-Schwarzwald. Mein Studium im hohen Norden sollte im kommenden Herbstsemester beginnen. Bis dahin waren es noch einige Monate, darunter auch der ganze Sommer. Ich hing also, wie man so schön sagt, in der Luft und beschloss, das Beste daraus zu machen. Andere nutzen diese Übergangszeit zwischen Jugend und Erwachsensein, um mit einem Rucksack und einem Eurail-Ticket durch Südfrankreich oder Spanien zu trampen. Mir war der Schwarzwald vollauf genug.

Das Katholische der Region war mir als Ungläubigem ganz Recht. Trotz der BMWs, die vor vielen Höfen standen und der mit Solaranlagen zugedeckten Dächer hatten sich die Gegend und ihre Bewohner etwas Archaisches bewahrt. Die Kruzifixe und kleinen Schreine an Weggabelungen entfalten dort nicht die üppige weißgetünchte barocke Pracht, wie man sie in Österreich oder Bayern findet, oder sie ließen sie nur erahnen. Eher bäuerliche als akademische Kunst. Mit einfachen Mitteln, oft aber auch Kunstfertigkeit in Holz geschnitztes Leid, das sich mit der Erde vereint. Der Gekreuzigte als Bauer. Mit einem flehentlichen Gesichtsausdruck, als wolle er seine Nägel abwerfen, die ihn unerbittlich festklammern. Mit ausgestreckten Armen, die manchmal wie Schwingen anmuten, deren Höhenflug erst irgendwann bevorsteht. Seinem Schicksal ergeben, aber unverzagt und beständig allen Unbilden des Lebens und der Natur die Stirn bietend, komme, was wolle. Schwermütig, sich der eigenen Begrenztheit bewusst, aber doch lebensfroh, was die

Prozessionen, Fastnachtsumzüge zur Austreibung vorchristlicher Dämonen, Feiern und anderen Traditionen der Gegend bezeugen, die sich bis heute nicht nur der Touristen wegen gehalten haben. Mit einer seit einigen Jahrzehnten hoch automatisierten und auch auf Ungetüme von Maschinen gestützten Landwirtschaft. Aber wenn ein Gewitter heranzieht und die Bauern sich im Schweiße ihres Angesichts bemühen, ihr Heu ins Trockene zu bringen, ist das im Grunde wohl das gleiche Bild, das sie dabei seit Urzeiten abgeben.

Trotz seiner manchmal wortkargen und in sich gekehrten Art kannte ich meinen Onkel nur als ausgeglichenen, in sich ruhenden Mann. Aber in letzter Zeit schien eine gewisse Wesensveränderung in ihm vorgegangen zu sein, auf die ich gleich noch näher eingehen werde. Er wusste sehr viel über den Wald. Wenn er mir von seinen Schleichwegen erzählte, seinen Bewohnern, verborgenen Plätzen, Verlockungen und seiner weißen wie schwarzen Magie nahmen seine Worte manchmal einen mystischen Klang an. Aber er sprach, wie wenn niemand, auch ich nicht, ihn verstehen könne oder als redete er mit sich selbst. Seit zwei, drei Jahren war er verwitwet. Krebs. Kinder hatten sie nicht bekommen können. Ob es an ihm oder ihr lag, weiß ich nicht. Ich vermute an ihr, denn Fälle von Zeugungsunfähigkeit in meiner Familie sind mir nicht bekannt. Aber vielleicht hätte Gregor Mendel das anders gesehen. Auch wenn er nicht davon sprach, merkte man ihm an, dass der Kummer noch immer an ihm nagte. Ein wesentlicher Eckpfeiler seines Lebens war ihm genommen worden. Um ihn auf andere Gedanken zu bringen, schlug ich ihm lange gemeinsame Wanderungen im Wald vor und danach das Wirtshaus. Er winkte ab.

„Lass mal!", sagte er, „du bist ein sehr guter Junge. In einem Punkt sind wir auch völlig gleich. Wir beide lieben es, stundenlang allein durch den Wald zu streifen, ein Weggefährte würde seinen Zauber nur zerstören. Der Wald könnte dann nicht mehr mit uns sprechen. So brauchen wir auch keinen Psychotherapeuten. Aber das mit dem Wirtshaus geht natürlich."

Er hatte mich sehr zutreffend charakterisiert. Ja, so war ich und im Grunde bin ich es bis heute geblieben.

Ich richtete es ein, mit Hilfe eines Weckers und nach einem kleinen Frühstück schon vor Tagesanbruch das Haus zu verlassen. Die ersten Strahlen der aufgehenden Sonne, die die Nebelschwaden zerfetzten, der wie Diamanten auf den Gräsern funkelnde Morgentau, die erwachende Natur, die sich noch schlaftrunken die Augen rieb. Ich erfreute mich auch an belebten Plätzen, so eigenbrötlerisch bin ich nun auch nicht. Ein Bach, der in engen Schluchten in Kaskaden über blankpolierte Felsbrocken donnerte und schäumte, mit Gischt wie auf hoher See. Darauf folgte ein erfrischendes Bad in kristallklarem Wasser. Stunden hätte ich so zubringen können. Die starke Schwüle dieser Woche – Hundstage genannt – wäre anderswo nur schwer erträglich gewesen, aber hier am kühlen Nass schon.

Aber meistens zog ich versteckte Plätze vor, wo ich ungestört meine Gedanken schweifen lassen konnte. Einer davon befand sich fernab der ausgewiesenen Wanderwege an einer ruhigen Stelle des Bachs. Er schien sich bis dort vollständig verausgabt zu haben, hatte aber noch eine ausreichende Tiefe zum Baden und Schwimmen. Zudem lag er verborgen hinter dichtem Gebüsch, durch das ich mir einen zweifußbreiten Trampelpfad gebahnt hatte, der von außen auch mit geschärftem Blick kaum zu erkennen war.

Schon zu dieser frühen Stunde in der Waldeskühle tanzten Libellen auf den Strudeln im Wasser. Auf der Oberfläche kräuselten sich erste Sonnenstrahlen. Kleine Fische huschten dahin. Mein Thermometer, mein großer Zeh, verriet mir, dass es eigentlich noch zu früh zum Baden wäre und Überwindung kosten würde, für die ich aber reich belohnt würde. Beim Untertauchen brauste das Wasser in meinen Ohren. Alles Verspannte und Verkrampfte schien von mir abgefallen zu sein. Erfrischt fiel ich auf den schmalen moosbewachsenen Erdstreifen und ließ mich von der Sonne trocknen, die immer mehr an Kraft gewann. Uns sollte ein sehr heißer Tag bevorstehen. Das gleiche Spiel wiederholte ich das eine oder andere Mal. Einmal schaute mir ein Frosch neugierig ins Gesicht. Aber auf meine Hand nehmen und streicheln ließ er sich nicht.

Nachdem ich einen Teil meines Proviants verzehrt hatte, ein dickes Schinkenbrot und ein gekochtes Ei, zog ich weiter. Wanderwege führten an diesem Teil des Baches nicht entlang. Grund dafür war sicherlich der Landschaftsschutz, damit alles möglichst naturbelassen blieb. Gut so! Ich musste also durch den Bach waten. Seine gerade noch erträgliche Eiseskälte erfrischte mich in der drückenden feuchtwarmen Hitze dieses Tages. Irgendwann müsste sie sich in einem heftigen Gewitter entladen, aber seine Vorboten zeigten sich noch nicht am strahlend blauen Himmel. Kein Lüftchen regte sich in den Blättern der Bäume, die Natur schien den Atem angehalten zu haben. Auch das Zwitschern der Vögel war verstummt. Unheil schien in der Luft zu liegen. Aber ich kann es nicht erklären, es war nur so ein Gefühl.

Meist war der Bach flach und reichte mir kaum bis zum Schienbein. An anderen, tieferen Stellen versank ich bis zum Bauchnabel. Das machte aber nichts. Im Gegenteil. Ich stand noch nie auf esoterisches Zeug, aber ich fühlte mich im Einklang mit dem Bach. Ich kann es nicht gut beschreiben, man muss es wohl selbst gespürt haben. Die Vegetation an den Bachrändern, Weiden, Schilf, Farne, Schlingpflanzen und baumbestandene Hänge, war üppig. Manchmal fühlte ich mich wie in einem Laubtunnel. Hätte dort ein Papagei gekrächzt, wäre es mir womöglich gar nicht sonderbar vorgekommen. Kaskaden gab es auch, aber sanfte, beschwingte. So vergingen vielleicht anderthalb oder zwei Stunden. Genau kann ich es nicht sagen. Ich trug keine Uhr und mein Handy hatte keinen Empfang.

Dann sah ich sie. Die splitternackte Leiche eines vielleicht 15-jährigen Mädchens, die im Wasser schaukelte, ihre Haare um sich ausgebreitet wie ein Algenteppich. Ihr Busen war noch kindlich. Mit weiblicher Nacktheit war ich so vertraut, wie man es als durchschnittlicher Heranwachsender wohl ist. Aber nicht in dieser Brutalität. Ich vergewisserte mich, dass sie tot war. Die Kälte ihrer Haut konnte keinen Zweifel daran lassen. Es kostete mich große Überwindung, sie ans Ufer zu ziehen. Dabei war sie so leicht, vielleicht kaum mehr als 40 Kilo schwer. Ich sah die Würgemale an ihrem Hals und ihre verdrehten, wie um Gnade flehenden Augen, wie die Wundmale des Gekreuzigten, die man hier oft am Wegesrand sah. Nur ohne Auferstehung. Ich erwog, meine zusammenfaltbare Regenhaut über sie zu legen und ihr die Augen zu schließen. Aber dann dachte ich an die Spurensicherung. In meinem Schockzustand kam mir der absurde Gedanke, es ihr so bequem wie möglich zu machen. Erst musste ich auf allen Vieren eine Anhöhe erklimmen und eine Weile weiterlaufen, bis mein Handy Empfang hatte und ich die 110 wählen konnte. So viel Geistesgegenwart brachte ich gerade noch zusammen, um mir den Rückweg genau einzuprägen.

Die Spezialisten vom Landeskriminalamt trafen kaum später ein als die örtliche Polizei. Die Tatortsicherung musste sehr schnell gehen, es waren bedrohliche, unheilschwangere Gewitterwolken aufgezogen. Mich bat man, für mögliche Fragen zu bleiben. Bald danach brachen Regenschauer auf uns hinein. Ein paar Beamte blieben trotzdem zurück, um weiter nach Spuren zu suchen. Wir anderen schafften es irgendwie, das Mädchen auf einer Bahre und bedeckt mit einer wasserundurchlässigen Plane über den Abhang zum Rettungswagen zu bringen, der jetzt zu einem Todeswagen geworden war.

Gleich danach wurde ich provisorisch befragt, am frühen Morgen danach stundenlang. Mein Onkel, der mich begleitete, wurde um Geduld für unbestimmte Zeit gebeten, um die Befragung ohne jede Ablenkung und mit höchster Konzentration durchführen zu können. Aber nein, ich war an dieser abgelegenen Stelle niemandem begegnet, ein verdächtiges Geräusch hatte ich nicht vernommen und nicht einmal einen Schatten gesehen, der dort nicht hätte sein sollen, so sehr ich mein Gehirn auch anstrengte. Die ein gutes Stück weiter bachaufwärts gelegene Stelle um die Wasserfälle herum war schon frühmorgens ziemlich belebt gewesen, das gute Wetter lud dazu ein. Aber die meisten waren Eltern mit ihren Kindern gewesen. Nach ihrem Dialekt zu urteilen fast alle Badener, auch zwei, drei Schweizer. Kein verdächtig aussehender. Niemand verhielt sich auffällig, von leicht gewagten Sprüngen von Felsen in die Klamm abgesehen. Das Mädchen kannte ich nicht. Bei meinen früheren Urlauben dort hatte ich so gut wie gar nicht am Ortsleben teilgenommen, so sehr zog es mich immer in die Wälder. Und mein Onkel war mir als Gesellschaft immer genug gewesen. Sehr viele Fotografien wurden mir vorgelegt, keine der abgebildeten Personen erkannte ich wieder. Ein Polizeianwärter brachte mir belegte Brote und eine Cola. Man bat mich, weiter auf der Polizeiwache zu bleiben für mögliche Rückfragen und für den Fall, dass ich mich vielleicht doch noch an etwas erinnern sollte, so unwichtig es auf den ersten Blick auch erscheinen mochte. Auf die geringe Zeugenentschädigung verzichtete ich.

So bekam ich auf der beengten Polizeiwache mit, dass die Identität des Mädchens sehr schnell ermittelt werden konnte. Die kleine Fiedler, wie die Ortsbewohner sie in ihrem Sprachgebrauch nannten. Mit Vornamen Veronika. Ihre Mutter identifizierte sie in der nächstgelegenen Gerichtsmedizin und brach danach zusammen. Trotzdem musste sie gleich danach im Beisein eines Psychologen auf der Polizeiwache befragt werden. Jede Minute zähle, der Täter könnte auf der Flucht sein. Auf der kleinen Polizeiwache war kaum noch Platz für alle herbeigeorderten LKA-Polizisten. Die Ermittlungen voranbringende Angaben konnte aber auch die Mutter nicht machen. Soweit sie wusste, hatte nie ein fremder Mann ihre Tochter angesprochen, höchstens, um mal nach dem Weg zu fragen. Das Interesse von Jungs aus ihrer Klasse hatte sie schon geweckt, sie waren nun mal in dieses Alter gekommen. „Aber sie sind doch noch Kinder", sagte sie. „Waren", korrigierte sie sich danach unter Tränen. „Waren", schrie sie danach noch einmal, der Schrei einer gequälten, ins Herz getroffenen Kreatur. Als alleinerziehende Mutter mit einem sehr geringen Einkommen konnte sie ihrer Tochter außer Liebe nicht viel geben. Nur einmal im Jahr einen zweiwöchigen Urlaub für sie beide im Süden, am Meer. Unter den Fotos, die sie den Polizisten zu Ermittlungszwecken überreichte, waren auch ein paar, die ihre Tochter ausgelassen herumtollend am Strand zeigten. Über eines davon fuhr sie mit dem Finger, dann küsste sie es. Vor der Tür fragte ich einen LKA-Beamten, der dort eine Zigarette rauchte, ob so etwas oft vorkäme. „Nicht so oft", antwortete er, „wir sind hier im beschaulichen Süd-Schwarzwald. Aber es ist jedes Mal Scheiße. Scheiße, Scheiße, Scheiße. Glaub bloß nicht, dass es in den Großstädten schlimmer ist! Das Schlimmste tun einem oft die an, die man kennt, selbst in den abgelegensten Käffern."

Die kleine Fiedler war vergewaltigt und erwürgt worden. DNA-Spuren gab es, aber nachdem sie so lange im Wasser gelegen hatte, waren sie verunreinigt und nicht mehr beweiskräftig. Ihre Kleider fand man nicht, so sehr man auch die Ufer danach absuchte. Durch einen Diebstahl ließ es sich nicht erklären, so wenig, wie ihre Sachen wert waren. Ihre Lehrerinnen und alle in ihrer Klasse gaben getrennt befragt an, dass sie nicht frühreif gewesen war, sondern dem ganz normalen Entwicklungsstand entsprach. Auch ihre Schwärmerei für Boygroups oder Schauspieler hatte gerade erst begonnen. Etwas schüchtern war sie, das schon.

Als Tatverdächtiger wurde ein Landstreicher in Untersuchungshaft genommen. Aber zwei Zechkumpanen und der Wirt eines Gasthauses, über jeden Zweifel erhaben, konnten unabweislich bezeugen, wo er sich zur Tatzeit aufgehalten hatte. Alle Nachbarn in der näheren und entfernteren Umgebung wurden befragt, ohne Ergebnis. Auf einen Aufruf der Polizei hin meldeten sich viele Tagesbesucher. Keiner konnte sachdienliche Angaben machen. Wie zu erwarten war, munkelten viele, dass der Täter ein Flüchtling gewesen sein müsse. Aber auf Samir ließ mein Onkel nichts kommen. Einen anderen Flüchtling gab es in ihrem Ort nicht. Dass es einer von ihnen selbst gewesen sein könnte, schlossen sie aus. Im Ort kannte doch jeder jeden.

Die Ermittlungen wurden weiter auf Hochdruck betrieben, schienen aber nur in Sackgassen zu geraten. Am leichtesten aufzuklären, erklärte der Polizeisprecher, seien Taten, die lange im Voraus geplant wurden. Als am schwierigsten erwiesen sich die ganz spontan begangenen. Um einen solchen Fall könnte es sich hier handeln. Eines Tages fand man vor der Tür von Frau Fiedler das Halstuch ihrer Tochter. Deutete dies darauf hin, dass der Täter noch einen Funken Mitgefühl besaß? Jedenfalls bewies es, dass er sich noch in der Gegend aufhalten musste. Der Gedanke, dass es einer aus ihrem Dorf gewesen sein könnte, nagte an seinen Bewohnern. Man begann, sich misstrauisch zu beäugen. Den Wald mieden sie, er war zu einem verruchten Ort geworden.

Am Vorabend meiner Abreise, mein Studium begann, sagte mein Onkel nach ein paar Vierteln zu mir in der Wirtsstube: „Es kann lange dauern. Vielleicht Jahre, vielleicht auch Jahrzehnte. Aber irgendwann holt sich der Wald den Täter, denn er hat ihn entweiht. Das vergisst der Wald nicht. Seine Botschaften habe ich erst begonnen, zu entschlüsseln. Aber sie deuten darauf hin, dass ich sein Richter und Vollstrecker sein soll und dass sich damit der Kreis zwischen dir und mir schließt. Nur wer den Wald zutiefst versteht und sich vollkommen auf ihn einlässt, kann ihn rächen." Irgendein rationaler Sinn war seinen weinseligen Worten natürlich nicht zu entnehmen, aber ich nickte. Ganz intuitiv, ich kann es nicht in Worte fassen, ahnte ich, dass sich Schreckliches anbahnte. Es hing schon damals in der Luft.

Über das, was danach geschah, haben die Medien in aller Breite berichtet, auch sämtliche überregionalen Publikationen und das Fernsehen. Mein Onkel wurde zu einer dieser Berühmtheiten, die dies nur für kurze Zeit sind – die Öffentlichkeit ist ja wetterwendisch und braucht ständig neues Futter –, die sich dennoch in einem Winkel des kollektiven Gedächtnisses festgesetzt haben. Dabei trat er nur zwei oder drei Mal vor die Kameras und im Grunde auch nur, um zu Spenden für die Opfer von Gewalttaten aufzurufen. Das Reden überließ er dem Staatsanwalt. Aber der verschwieg einiges. Lücken versuchten die Medien durch ihre manchmal reißerische Fantasie zu füllen.

Auch ich erlangte eine, nun ja, gewisse Bekanntheit. Vielen mutete es wie das Wirken übersinnlicher Kräfte an, dass ich, natürlich abgesehen vom Opfer und seinem Täter, ganz am Anfang der Geschichte stand und mein Onkel an deren Ende. Die Meinung meines Onkels hierzu kennen Sie bereits. Aber er behielt sie für sich. Für ihn war es etwas zwischen dem Wald, mir und ihm, das niemand sonst verstanden hätte.

Die weitere Geschichte gebe ich so wieder, wie ich sie von meinem Onkel hörte.

So ziemlich jeden Freitagabend spielte mein Onkel Karten im Wirtshaus. Manchmal ging er auch mit anderen auf Jagd. Immer mit denselben. Bis auf zwei Hinzugezogene und später auch Samir kannten sich alle seit der ersten Grundschulklasse oder schon davor. Auf der Jagd hatte mein Onkel die Gewohnheit angenommen, immer knapp daneben zu schießen, wegen der Tiere. Die anderen machten darüber gutmütige Scherze, sie kannten ihn ja. Nach den ungeschriebenen, aber doch wie in Stein gemeißelten Regeln ihres Vereins – sie hatten einen gründen müssen, um mit dem Nachweis ihrer Eignung genauestens Buch zu führen, gewildert wurde nicht – musste er nach jedem kapitalen Fehlschuss eine Runde ausgeben. Bis zum Ende eines langen Jagdausfluges glich sich das aber aus. Denn nach jeder Runde ließ auch die Treffgenauigkeit der anderen merklich nach. Zu den Karten- und Jagdbrüdern gehörte auch der Milchbauer Florian Haas, der vor ein paar Jahren ebenfalls seine Frau nach langer Krankheit verloren hatte. Einen Sohn und zwei Enkelkinder hatte er. Aber sein Beruf hatte den Sohn in den Norden verschlagen. Oft besuchen konnten sie ihn nicht. Seine Trauer wird der meines Onkels ähnlich gewesen sein. Seine Art war manchmal aufbrausend, aber im Ort mochte ihn im Grunde jeder.

Monatelang wäre es ihnen pietätlos vorgekommen, im Wald auch nur einen Schuss abzugeben, die kleine Fiedler vor Augen. Auch das Bier danach und währenddessen hätte ihnen nicht richtig geschmeckt. Aber das Leben ging weiter. Für sie und alle anderen, nicht für die kleine Fiedler. Sie beschlossen, wieder einmal auf die Pirsch zu gehen. Das Jagdglück war ihnen an diesem Tag jedoch nicht hold. Es schien, als hätten die Waldtiere durch eine undichte Stelle von ihrem Kommen erfahren und sich untereinander gewarnt. Stundenlang stapften sie durch den Wald. Das eine oder andere scheue und schnell Reißaus nehmende Reh sahen sie, das schon. Aber ihr Sinn stand nach Höherem. Ein kapitaler Hirsch oder ein fetter Eber sollte es sein. Dann nahmen die beiden Jagdhunde Witterung auf. Ihre Unruhe verriet, dass sie etwas Größeres erschnuppert hatten. Tatsächlich, noch in einiger Entfernung, sahen sie dann den Eber auf einer sonnenbeschienenen Lichtung. Sie beschlossen, einen halbmondförmigen Ring zu bilden, um ihn systematisch einzukreisen. Der Eber ahnte noch nichts von der Gefahr, in der er schwebte. Gemächlich zog er seine Bahnen, der laue Wind wehte in die andere Richtung. Die Jagdhunde waren abgerichtet und schlau genug, ihn nicht durch Gekläff zu stören. Die Natur schien den Atem anzuhalten. Nach und nach, sie gingen schrittweise vor, um jedes unnötige Geräusch zu vermeiden, schon das Knacken eines Astes hätte den Eber misstrauisch machen können, kam einer der Jäger in eine gute Schussposition. Aber als er abdrückte, erschien wie aus dem Nichts kommend Haas in der Schussbahn. Nur ganz knapp verfehlte ihn die Kugel, den Eber aber auch. „Bist du verrückt, Flori", schrie der Schütze völlig außer sich, „willst du sterben?" Im allgemeinen Tumult preschte der Eber davon. Dieser Vorfall nahm allen die Lust auf eine Fortsetzung des Jagdausflugs. Mürrisch und nahezu wortlos trotteten sie zurück. Auch auf ihren traditionellen Umtrunk verzichteten sie diesmal. Am bedrücktesten wirkte Haas, aber er hatte auch allen Grund dazu.

Ein, zwei Wochen später erhielt mein Onkel einen Brief von Haas. Das verwunderte ihn, denn sie wohnten doch nur wenige Kilometer voneinander entfernt. Den Inhalt gebe ich hier wörtlich wieder:

Lieber Konrad,

Freund wirst Du mich nicht mehr nennen, wenn du diesen Brief gelesen hast. Um unserer Freundschaft seit unserer Kindheit willen wage ich es aber trotzdem, Dich hier um gleich drei Gefallen zu bitten. Es sind aber die allerletzten. Mir fällt niemand sonst ein, den ich danach fragen könnte. Der erste Gefallen ist: Bitte verbrenne diesen Brief, nachdem Du die Nachricht von meinem Tod erhalten hast! Es werden bis dahin allenfalls einige wenige Tage vergehen. Und erzähle niemandem von seinem Inhalt! Der zweite ist: Hör mir bitte einfach zu! Mich drängt es, vor meinem Ableben eine Generalbeichte abzulegen und der Geistliche kann es dabei bei mir als nur dem Namen nach Christen nicht sein.

Schwüle entlädt sich, auch in der menschlichen Natur. In der Meteorologie ist das eine Zwangsläufigkeit, ein Naturgesetz. In der Tierwelt wahrscheinlich auch. Beim Menschen ebenfalls, bevor er Gut und Böse unterscheiden konnte. Danach nicht mehr. Oder nur bei denen, die völlig die Kontrolle über ihr Inneres verloren haben. So weit war ich aber nicht, als es geschah. Es kann daher auch überhaupt nichts entschuldigen, dass es an diesem Tag drückend schwül war und die Barometer irgendwann Höchstwerte anzeigten. Schwüle kann keine Dämonen erschaffen. Aber diejenigen freisetzen, die schon lange an ihren Ketten rüttelten und immer rasender, das schon.

Als Jäger besitze ich mehrere Gewehre. Ihr Anblick im gläsernen Waffenschrank zog mich magisch an. Schon das eine oder andere Mal steckte ich mir den glänzenden Stahl eines Gewehrlaufes in den Mund, den Zeigefinger am Abzug. Aber ich konnte es nicht. Erschöpft wie nach einem Langlauf fiel ich jedes Mal in meinen Sessel. So wie von Sinnen verbrachte ich jeden Tag, seitdem ich die kleine Fiedler vergewaltigt und erwürgt hatte. Aber ich durfte mir nichts anmerken lassen.

Ich hatte sehr unter meinem einsamen Leben nach dem Tod meiner Frau gelitten. Es war nicht nur das Fehlen ihrer vertrauten Gegenwart und ihrer Umarmungen und Küsse, die mit ihrer fortschreitenden Erkrankung immer schwächer wurden. Mich plagte auch ein sinnliches Verlangen, das gar nicht meinem schon ziemlich gesetzten Alter entsprach.

In der drückenden Schwüle jenes Tages, die sich immer mehr ausbreitete, suchte ich Abkühlung an einer abgelegenen Stelle des Baches. Völlig entkleidet, denn Wanderer oder geschäftige Dorfbewohner verschlug es nicht dorthin. Im erfrischend kalten Wasser räkelte ich meine müden Knochen. Hinter Schilf verborgen, vernahm ich zuerst ein Geräusch, ein sanftes Plätschern im Bach. Dann sah ich die kleine Fiedler, ich kannte sie, wie ich jeden im Ort kannte, nackt dem Wasser entsteigen, ein Liedchen vor sich hinsummend. Sie war noch keine Frau, aber auch kein Kind mehr. Ich bewegte mich nicht und hielt fast den Atem an. Eine Mischung aus peinlicher Beklommenheit, Scham und sexueller Erregung überkam mich. Mir kamen Gemälde des 19. Jahrhunderts in den Sinn, auf denen Wassernymphen zu sehen sind, die vor den Augen wollüstiger Satyrn aus dem kalten Bergwasser auftauchen. Als sie ganz in meiner Nähe war, riss ich wie von Sinnen und getrieben von ungezügelter Leidenschaft das Schilf auseinander. Ich zerrte sie zur Uferböschung und vergewaltigte sie. Vor Panik wie gelähmt, vermochte sie nicht einmal, um Hilfe zu rufen. Erst ihr Schluchzen danach brachte mich wieder etwas zur Besinnung. Ich bot ihr Geld an, so erbärmlich war ich. Aber in ihrem Weinkrampf hörte sie mich nicht einmal. Nur damit ihr Weinen aufhört, jedenfalls rede ich mir das seitdem ein, legte ich meine kräftigen Hände um ihren Hals. Schon bald erschlaffte ihr Körper mit heraushängender Zunge. Ich weiß nicht, warum ich danach ihre Leiche ins Wasser zog. Vielleicht, weil ich es in irgendeinem verborgenen Winkel meines Unterbewusstseins mit Reinheit verband. Und warum ich ihre Kleider zusammenraffte. Ich verbrannte sie alle bis auf ihr Halstuch, das ich später Mutter Fiedler vor die Schwelle legte, damit sie ein mit den Händen greifbares Andenken hat, dabei ihre Schmerzen wahrscheinlich nur noch vergrößernd. Auf dem Rückweg zu meinem Hof schlug ich einen großen Umweg ein, damit keiner der Bauern auf den Feldern mich sehen konnte.

Seit dem Morgen danach lebe ich in ständiger Angst, entdeckt zu werden. Beim Anblick eines Ermittlers ist es mir jedes Mal so, als würde eine eiskalte Hand meine Eingeweide packen. Aber das ist nicht das Schlimmste. Das sind die Bilder der kleinen Fiedler, die mich überallhin verfolgen. Am quälendsten abends und nachts. Manchmal meine ich, beim Blick aus dem Fenster die kleine Fiedler mit unsäglicher Trauer, aber auch Hass zu mir aufschauen zu sehen. Oder es kommt mir so vor, als läge ihr geschändeter Körper ausgestreckt in fluorisierendem Licht unter den Bäumen. Auch wenn ich mich mit Alkohol oder Tabletten zu betäuben versuche, verhilft mir das nur zu wenigen Stunden Schlaf. Aber niemand denkt sich etwas dabei. Schon während der langen Krankheit meiner Frau und nach ihrem Tod litt ich unter chronischer Schlaflosigkeit. Mein oft stierer Blick und meine eingefallenen Wangen nach dem Aufstehen sind meinem Umfeld seit langem bekannt. Ich esse und täusche Appetit vor, um den Anschein der Normalität zu erwecken, aber vieles behalte ich danach nicht bei mir. Die Wälder und den Bach meide ich ganz. Ihr Rauschen und das des Windes in den Wipfeln sind für mich wie Klagegeschrei. Die Äste scheinen mich packen zu wollen, das Zwitschern der

Vögel klingt in meinen Ohren hasserfüllt. Wenn ein Gewitter aufzieht, meine ich, dass es mir allein gilt. Mein treuer Hund weicht vor mir zurück, wenn ich ihn streicheln möchte. Die Bilder meiner Vorfahren musste ich abhängen, ich hielt ihrem Blick nicht mehr stand.

Die kleine Fiedler, die sich nicht wehren konnte, war durch meine Hand gestorben. Jetzt werde ich Hand an mir selbst anlegen. Bei unserem Jagdausfall hatte ich es schon vergeblich versucht. Es muss wie ein Unfall aussehen. Nicht um meiner Ehre willen, ich habe keine mehr. Aber ich kann nicht zulassen, dass mein Sohn und meine Enkelkinder mit dem Wissen und der Schande leben müssen, die Abkömmlinge eines Sexual- und Kindsmörders zu sein. Sie können nichts dafür. Und ich kenne sie ja. Sie haben weit mehr von der sanften Art meiner Frau mitbekommen, von meinen bösen Genen zu ihrem Segen nichts. Gib mir etwas Zeit, um alles so zu arrangieren, dass nichts auf einen Freitod hindeutet! Höchstens eine Woche, schätze ich.

Und jetzt meine dritte Bitte: Im Kuhstall wirst Du unter einem nur lose festgeklopften Holzbrett [er beschrieb jetzt die genaue Stelle] *eine Schatulle mit über 90.000 Euro finden. Zahlst Du dieses Geld anonym über Jahre verteilt in verschiedene Bankfilialen, wo dich niemand kennt, in einen Fonds ein, der zur Unterstützung von Frau Fiedler errichtet wurde?* [Es folgten die Bankdaten]

Jetzt kann ich nur noch hoffen, dass es kein Leben nach dem Tod gibt.

Florian

Was sollte mein Onkel machen? Mit dem Brief zur Polizei gehen? Aber wollte sich Haas nicht auf eine Art richten, die weit über die der Gerichtsbarkeit hinausging? Das mit dem Sohn und den Enkelkindern verstand mein Onkel sofort sehr gut. Aber hatte nicht die Mutter der kleinen Fiedler ein Anrecht darauf, zu erfahren, wer ihre Tochter ermordet hatte? Würde sie dann die 90.000 Euro erhalten oder fielen sie unter Haas' Erbe? Sollte ihr der Glaube genommen werden, dass es empathische Menschen gibt, die einfach nur helfen wollen? Die 90.000 Euro müsste sie doch sonst für Blutgeld halten. Tagelang kämpfte er mit sich, ohne sich zu einer Entscheidung durchringen zu können. Dann klopfte es eines Abends an seiner Tür. Es war Haas. Wortlos ließ mein Onkel ihn eintreten, wortlos setzten sie sich an den Küchentisch. Erst nach längerem Schweigen sagte oder besser ausgedrückt murmelte Haas, nur in der absolute Stille des Küchenraums war er zu verstehen:

„Alles, was in meinem Schreiben an Dich stand, stimmte. Es so einzurichten, dass es wie ein Unfall aussieht, wäre auch gar nicht so schwierig gewesen. In unserer Klamm stürzen in manchen Jahren bis zu drei Wanderer zu Tode. Die Steine und felsigen Wege sind nach Regenfällen glitschig, das Geländer morsch, Unbekümmerte nehmen gewagte Abkürzungen. Eine Notsituation, die mich zu Eile gezwungen hätte, hätte ich konstruieren können. Meine große Übermüdung nach dem Aufwachen hätte ich nicht einmal vorzutäuschen brauchen, auch Kopfschmerzen wären nicht gelogen gewesen. Ich hätte nur darauf achten müssen, dass keiner mich sieht.

Aber am nächsten Morgen, nachdem ich den Brief an Dich aufgesetzt und abgesandt hatte, erfüllte mich wieder neuer Lebensmut. Es war, als hätte meine Beichte eine Lawine ausgelöst, die auf ihrem Weg ins Tal viel Verdorbenes und Schmutziges mit sich riss. Ich erfreute mich zum ersten Mal seit langer Zeit wieder an den Strahlen der aufgehenden Sonne, auch das Zwitschern der Vögel nahm ich wieder wahr. Nicht, dass meine Pein von mir abgefallen wäre. Aber warum sollte ich sterben, fragte ich mich. Wäre es nicht besser, wenn ich den Rest meines Lebens dem Guten widmen und alles Einkommen, das ich erzielte, auf

Umwegen und anonym Frau Fiedler zukommen ließe? Wem würde es nützen, wenn ich tot wäre? Gedanken dieser Art nahmen zunehmend von mir Besitz.

„Und was machst du jetzt mit dem Brief?", fragte er mich zum Schluss, „gibst Du ihn mir zurück? Wirst Du über seinen Inhalt Stillschweigen wahren? Ich bin ein alter Mann, ich werde niemandem mehr etwas tun."

Sicher?, fragte mein Onkel sich. Nein, dessen konnte er sich nicht sein. Für seine Antwort ließ er sich lange Zeit. Er hielt sich nicht für prinzipientreuer und korrekter als die meisten, die er kannte. Aber er dachte an die kleine Fiedler und ihre Mutter. Es kam ihm so vor, als würde die Kleine zum zweiten Mal sterben und ihre Mutter niemals Ruhe finden, wenn er jetzt nachgäbe. „Nein", flüsterte er nach einiger Zeit. „Ich kann es nicht."

„Das habe ich erwartet", seufzte Haas wie ein zum Tode Verurteilter, dessen letztes Gnadengesuch gerade abgewiesen wurde. „Ich kenne Dich. Für einen Freund würdest Du so ziemlich alles tun, aber das nicht. Und in Dich zu dringen, kann keinen Sinn haben." Resigniert stand er auf, mit herabgesunkenen Schultern ging er zur Tür. Auf dem Weg dorthin fiel sein Blick auf die Küchenmesser verschiedener Größen und Schärfegrade, die an einem Magnetband über dem Herd hingen. Seinen verstörten, irren Gesichtsausdruck wie in Trance brauchte mein Onkel nicht erst zu deuten. Intuitiv verstand er ihn sofort.

Haas war als Erster am Magnetband und ergriff eines der schärfsten Messer, aber mein Onkel umklammerte sein Handgelenk fest. Beide waren in etwa gleich kräftig. Vielleicht eine Minute verharrten sie wie Rugbyspieler im Clinch, mit geschwollenen Halsadern und immer heftiger keuchend. Die Messerspitze neigte sich millimeterweise mal in die eine, mal in die andere Richtung. Dann gelang es meinem Onkel, Haas' Handgelenk komplett in die Richtung von dessen Bauch zu verdrehen. Haas schien der Wille verlassen zu haben, sich wehren zu wollen. Das Messer drang in seinen Magen ein wie in eine Wassermelone. Haas starrte auf seinen Griff, der wie ein monströses Horn aus seiner Bauchdecke herausragte. „Da ...", keuchte er noch, sonst kam nichts mehr über seine Lippen außer einem dünnen Blutfaden. *Danke* wollte er wohl nicht sagen. Aber sein Gesichtsausdruck, er wirkte plötzlich irgendwie gelöst, als wäre alles endlich vorbei, ließ auch diese Deutung zu. Nach etwa einer Dreiviertelstunde, der Rettungswagen war eingetroffen, gelang es Haas, zu sterben.

Der Autor

Der Autor Stephan de Groote wurde 1957 im Städtchen Butzbach in Oberhessen geboren. Nach dem Abitur absolvierte er ein Jurastudium und war viele Jahre als Jurist tätig. Am Ende seiner Berufslaufbahn kehrte er an seinen Geburtsort zurück, wo er nun seinen Ruhestand genießt.

De Groote beherrscht neben Deutsch und Spanisch auch Portugiesisch, Italienisch und Englisch. Dieses Faible für Fremdsprachen erklärt auch seine Lust auf Reisen. Gleichzeitig gilt seine große Leidenschaft seit jeher dem Lesen und hier vor allem dem fantastischen Genre. Nach „Sava und andere fantastische Erzählungen" ist dies bereits die zweite Veröffentlichung des Autors beim novum Verlag. Davor hat er bereits in lokalen Magazinen etliche Texte publiziert.

Der Verlag

„ *Wer aufhört besser zu werden, hat aufgehört gut zu sein!*

Basierend auf diesem Motto ist es dem novum Verlag ein Anliegen, neue Manuskripte aufzuspüren, zu veröffentlichen und deren Autoren langfristig zu fördern. Mittlerweile gilt der 1997 gegründete und mehrfach prämierte Verlag als Spezialist für Neuautoren in Deutschland, Österreich und der Schweiz.

Für jedes neue Manuskript wird innerhalb weniger Wochen eine kostenfreie, unverbindliche Lektorats-Prüfung erstellt.

Weitere Informationen zum Verlag und seinen Büchern finden Sie im Internet unter:

www.novumverlag.com

Stephan de Groote
Sava und andere fantastische Erzählungen

ISBN 978-3-99131-989-4
104 Seiten

Mit ihren dunklen Dreadlocks, grünen Mandelaugen, schneeweißer Haut und knallroten Lippen taucht Sava in Eduards Träumen auf. Als dieser plötzlich verschwindet, macht sich sein bester Freund auf die Suche und ist mehr als überrascht darüber, was er findet …